COLLECTION PICARD

BIBLIOTHÈQUE D'ÉDUCATION NATIONALE

Pages d'Héroïsme

Le Combat des Trente — Le Héros de Nancy
La Conspiration de la Rouërie
Glorieux épisodes de la Conquête
de l'Algérie

PAR

L. D'HAUCOUR

SOUS-CHEF DE BUREAU DU MINISTÈRE DE LA MARINE, EN RETRAITE
CHEVALIER DE LA LÉGION D'HONNEUR

Illustré de 34 gravures

PARIS
LIBRAIRIE D'ÉDUCATION NATIONALE
11, RUE SOUFFLOT, 11

BIBLIOTHÈQUE D'ÉDUCATION NATIONALE

———

PAGES D'HÉROÏSME

7ᵉ Série.

PAGES D'HÉROÏSME

COLLECTION PICARD

BIBLIOTHÈQUE D'ÉDUCATION NATIONALE

Pages d'Héroïsme

Le Combat des Trente — Le Héros de Nancy
La Conspiration de la Rouërie
Glorieux épisodes de la Conquête
de l'Algérie

PAR

L. D'HAUCOUR

SOUS-CHEF DE BUREAU DU MINISTÈRE DE LA MARINE, EN RETRAITE
CHEVALIER DE LA LÉGION D'HONNEUR

Illustré de 34 gravures

PARIS
LIBRAIRIE D'ÉDUCATION NATIONALE
11, RUE SOUFFLOT, 11

LE COMBAT DES TRENTE

(26 mars 1351.)

L'Angleterre fut de tout temps l'ennemie de la
France. Si l'on consulte l'histoire de ces deux
pays, on les voit presque constamment en guerre
l'un avec l'autre; mais, malgré des succès passa-
gers, les Anglais ont été finalement obligés de
rendre Paris aux Parisiens, la Bretagne aux Bretons, et la France aux Français. Une des causes
qui contribuèrent à entretenir cette rivalité plusieurs fois séculaire, se place au commencement
du quatorzième siècle.

Louis X le Hutin, Philippe V le Long et Charles IV, tous les trois, fils de Philippe IV le Bel,
montèrent successivement sur le trône, le premier
en 1314, le second en 1316, le troisième en 1322,
et ils moururent tous les trois sans laisser d'enfant mâle. La loi salique interdisant aux femmes
de régner en France, la couronne revenait à
Philippe de Valois; ce dernier étant fils de Charles, comte de Valois, lequel était frère de Philippe IV le Bel et fils, comme ce dernier, de Philippe III le Hardi.

Philippe de Valois, qui était par conséquent

arrière-petit-fils de Louis IX, succéda à son cousin Charles IV et monta sur le trône de France, à la mort de ce dernier, en 1328, sous le nom de Philippe VI.

Statue de Philippe IV sur son tombeau à l'abbaye de Saint-Denis.

D'un autre côté, Edouard II, roi d'Angleterre, ayant épousé Isabelle, fille de Philippe IV le Bel, son fils Edouard III, après avoir emprisonné sa mère au château de Rising, réclama la couronne de France, en dénaturant l'esprit de la loi salique[1] et se disant plus proche héritier du trône que Philippe de Valois.

Ces diverses compétitions furent la cause de la lutte qui s'engagea entre la France et l'Angleterre et qui, à cause de sa longue durée, fut appelée la guerre de Cent ans. Les Anglais inondèrent le royaume de France, s'y fixèrent et y semèrent la désolation et la misère. Philippe VI d'abord vainqueur des Flamands à Cassel en 1328, dut se retirer à Crécy (26 août 1346), devant les troupes anglaises qui s'emparèrent ensuite de Calais (3 août 1347), ville qui ne put être reprise par François de Guise

___

1. La loi salique excluait du trône de France, non seulement les femmes, mais encore leurs « hoirs », c'est-à-dire leurs héritiers.

qu'en 1558, époque à laquelle la France fut enfin débarrassée de l'oppression anglaise.

A côté de ces compétitions au trône, une autre querelle de succession s'éleva presque à la même époque au sujet du duché de Bretagne.

Bataille de Cassel.

Arthur II, duc de Bretagne, avait épousé en premières noces Marie, fille de Guy IV vicomte de Limoges, et en secondes noces Yolande de Dreux, fille d'Amaury comte de Toulouse.

Du premier mariage naquirent: Jean III qui succéda à son père; Pierre qui mourut jeune et Guy comte de Penthièvre, qui épousa en 1316 Jeanne d'Avaucourt. De ce mariage naquit Jeanne de Penthièvre, dite la Boiteuse, mariée en 1337 à

Charles de Blois, fils de Guy Ier de Châtillon comte de Blois et de Marguerite de Valois, fille de Charles II comte de Valois, frère de Philippe IV le Bel.

Charles de Blois était donc par son mariage, neveu de Philippe VI roi de France, frère de sa mère.

De son second mariage Arthur II eut Jean de Montfort marié à Jeanne de Flandre fille de Louis de Flandre comte de Nevers, et cinq filles.

Jean III successeur de Arthur II mourut en 1340 sans laisser d'enfant.

La succession au duché de Bretagne fut dès lors ouverte, et deux compétiteurs se trouvèrent en présence :

1° Charles de Blois, gendre de Guy de Penthièvre, qui était frère de Jean III (1er lit.)

2° Jean de Montfort, qui était aussi frère de Jean III (2e lit.)

Charles de Blois était soutenu par le roi de France, la Cour des pairs et la noblesse de Bretagne.

Jean de Montfort était appuyé par Édouard III d'Angleterre et par un certain nombre de Bretons mécontents de la noblesse du pays.

Les Anglais qui avaient déjà envahi la France se répandirent aussitôt dans la Bretagne.

Des troupes de cavalerie et d'infanterie commandées par le comte de Northampton inondèrent ce duché dans le but de faire la guerre à Charles de Blois. Cette guerre dura vingt-deux ans.

Jean de Montfort s'était tout d'abord emparé du trésor de Jean III et s'était fait reconnaître comme

Le Louvre sous Charles V

duc de Bretagne à Nantes, Brest, Rennes, Vannes et Auray.

Il fut pour ces actes accusé d'usurpation par
Philippe IV roi de France et cité devant la Cour
des pairs, qui décida par un arrêt prononcé en
septembre 1341 à Conflans que la Bretagne devait
revenir à Charles de Blois. Ce dernier vint alors
mettre le siège devant Nantes, il était accompagné de son cousin Jean fils du roi, qui lui-même
devint plus tard roi de France, sous le nom de
Jean II, dit le Bon.

Les Nantais capitulèrent et furent traités en rebelles; Jean de Montfort, fait prisonnier, fut emmené à la tour du Louvre. Sa femme Jeanne de
Flandre qui « avoist un courage d'homme et un
cœur de lion », dit Froissart, se mit résolument à
la tête du parti de son mari captif; elle prit le cas-
que et l'épée, continua la guerre avec l'appui
des troupes anglaises, et put se maintenir à Hennebont pendant que Charles de Blois perdait
Guérande et Vannes. Jean de Montfort parvint
à s'échapper du Louvre, mais il mourut peu de
temps après, laissant un jeune fils.

La guerre continua et le comte de Northampton
attaqua en 1345 le château de La Roche-Derrien,
qui était à cette époque considéré comme une
des plus fortes places de la Bretagne. A Bertrand
de Saint-Pern, qui avait reçu en 1311 du duc Arthur II le commandement de La Roche-Derrien,
avait succédé Hue-Cassel, qui fut obligé de rendre
la place au chef anglais.

Charles de Blois résolut en 1347 de reprendre le
château de La Roche-Derrien, et en fit le siège à la

tête de seize mille hommes. L'attaque, vigoureuse-

Hennebont (Morbihan). Porte fortifiée (état actuel).

ment donnée, fut terrible pour les assiégés qui demandèrent à capituler, mais le comte de Northampton attendait un renfort annoncé par la comtesse de Montfort et s'y refusa. Une troupe de huit mille hommes commandée par d'Ageworte, Jean de Hartuelle et Tanguy du Châtel arriva en effet jusque sous les murs de La Roche-Derrien sans avoir été inquiétée par les gens de Charles de Blois.

L'avant-garde française, sous les ordres de Derval, de Beaumanoir et de Robert Arrel donna l'alarme et la bataille recommença, le 20 juin 1347. L'armée de Charles de Blois se précipita sur les Anglais et fit prisonnier leur chef d'Ageworte. Le combat toutefois était indécis, lorsque le commandant de La Roche-Derrien opéra une vigoureuse sortie, délivra d'Ageworte et tua beaucoup de monde aux assiégeants. Ce fut le signal de la défaite de Charles de Blois dont les troupes furent taillées en pièces. Au nombre des morts restés sur le champ de bataille furent le vicomte de Rohan, les seigneurs de Châteaubriant, de Laval, de Retz, de Rieux, de Machecoul, de Rostrenen, de Tournemine, de Bois-Boinel et de la Jaille. Enfin, poursuivi par les Anglais, affaibli par les dix-huit blessures qu'il avait reçues dans la journée, Charles de Blois fut fait prisonnier au moment où avec son ami le vicomte de Coeteven, il s'efforçait d'opérer la retraite des siens. Il se rendit à Tanguy du Châtel, fut emmené le lendemain à Carhaix et de là à Vannes où il fut emprisonné pendant un an. Il fut ensuite transporté en Angleterre et enfermé dans la tour de Londres.

A la suite de la bataille de La Roche-Derrien, les Anglais redoublèrent d'audace et de cruauté et ravagèrent les campagnes environnantes. La ville et le château d'Auray, dont Charles de Blois s'était emparé en 1342 avaient été repris par les Anglais. Thomas d'Ageworte, capitaine anglais, qui avait fait prisonnier Charles de Blois au combat de La Roche-Derrien, commandait le château pour la comtesse de Montfort; il avait donné des ordres pour que les marchands de la ville et les cultivateurs ne fussent plus malmenés et constamment attaqués par les Anglais, ainsi qu'ils l'avaient été depuis le commencement des hostilités. Mais, quelque temps après, Thomas d'Ageworte, fut tué par Raoul de Cahours, capitaine de Charles de Blois, dans un engagement qui eut lieu près la porte d'Auray. En apprenant cette mort les chefs Anglais voulurent venger leur compagnon d'armes et commirent de nouveau les plus terribles ravages et les plus grandes cruautés sur tout le territoire dont ils étaient les maîtres.

L'un d'eux surtout, appelé Richard Brambroch, ami de d'Ageworte, qui commandait à Ploërmel, se montra particulièrement cruel et odieux dans sa conduite envers les Bretons fidèles à Charles de Blois. Tous ceux qui tombaient entre ses mains, sans distinction d'âge ou de sexe, étaient maltraités avec la plus grande dureté. Les uns avaient les fers aux pieds, les autres étaient attachés ensemble comme des bêtes de somme que l'on mène au marché. Ces vexations se passaient dans les dernières années du règne de Philippe VI qui mourut le 23 août 1350 et au commencement de celui de son fils Jean II dit le Bon qui lui succéda sur le trône de France.

Jehan de Beaumanoir, le vaillant chevalier, ne put voir de telles cruautés sans être profondément ému. Il se rendit à Ploërmel avec Jehan de Montauban, écuyer, servant comme lui la cause de Charles de Blois, se présenta à Brambroch et lui dit avec la fierté qui caractérisait l'âme des preux :

« Chevalier d'Angleterre, vous vous rendez bien coupable de tourmenter ainsi les pauvres habitants du pays, qui sèment le blé et nous procurent le vin et le bétail. S'il n'y avait pas de laboureurs, je vous dis ma pensée, ce serait aux nobles à défricher et à cultiver la terre à leur place, à battre le blé et à endurer la pauvreté, et ce serait grande peine pour ceux qui n'y seraient pas accoutumés. Qu'ils aient la paix dorénavant, car ils ont trop souffert de ce que l'on ait sitôt oublié les ordres de Thomas d'Ageworte. »

Brambroch lui répondit avec la même fierté :

« Beaumanoir, taisez-vous ; qu'il ne soit plus question de cela. Montfort sera duc du noble duché, depuis Pontorson jusqu'à Nantes et Saint-Mahé. Edouard sera roi de France, et les Anglais étendront partout leur domination et pouvoir, malgré tous les Français et leurs alliés. »

Jehan de Beaumanoir reprit avec modération :

« Songez un autre songe, celui-ci est mal songé ; car jamais par une telle voie, vous n'en auriez un demi-pied. Soyez certain, Brambroch, que toutes vos bravades ne valent rien ; ceux qui disent le plus ne peuvent pas soutenir jusqu'au bout ce qu'ils ont avancé. Or, Brambroch, agissons, s'il vous plaît, sagement. Prenons jour pour combattre ensemble soixante, quatre-vingts

ou cent de nos compagnons ; on verra bien alors,
sans aller plus avant, qui de nous aura tort ou
raison. »

« Sire, dit Brambroch, je vous en donne ma foi. »

Et en effet, sur la foi de ce serment, le combat loyal proposé par Beaumanoir eut lieu entre les Français et les Anglais. Le nombre de trente combattants de chaque côté fut décidé. Jehan de Beaumanoir, capitaine des Bretons revint à Josselin, rassembla ses compagnons d'armes et leur annonça la proposition qu'il avait faite au chef Anglais de se mesurer ensemble, ainsi que l'acceptation de Brambroch.

Jean II, le Bon.
(D'après une estampe de la Bibliothèque nationale.

« Seigneurs, leur dit-il, apprenez que Brambroch et moi, nous sommes convenus de choisir
trente guerriers des plus valeureux et des plus
habiles à manier la lance, la hache et la dague.

Prions le Dieu de sagesse de nous donner l'avantage; nous serons certains du succès. Le bruit
s'en répandra dans tout le royaume de France
et dans tous les pays, d'ici jusqu'à Plaisance. »

Tous les chevaliers et écuyers **présents répon-**
dirent à cet appel :

« Nous irons, dirent-ils, volontiers pour combattre Brambroch et ses soldats et jamais il
n'aura de nous ni rançon ni deniers; car nous
aussi nous sommes hardis, vaillants et opiniâtres,
et nous frapperons sur les Anglais à grands coups
bien appliqués. Prenez ceux qu'il vous plaira. »

« Je prends Jehan de Tyntyniac, s'écria Beaumanoir, et Guy de Rochefort et Even Charruel, le
Bon; et Robin Raguenel de Saint-Yon; et Caro de
Bodegat, que je ne saurais oublier; messire Geffray du Boys, de grand renom; Olivier Arrel, le
hardi breton; messire Jehan Rousselet, au cœur
de lion, et Guillaume de la Marche, tous nobles
et vaillants chevaliers. Si ceux-là ne se défendent
vaillamment contre ce félon Robert Brambroch,
je serai bien trompé dans mon attente. »

« Il me faut maintenant choisir, continua Beaumanoir, les plus nobles et les plus **valeureux**
écuyers et je prendrai tout le premier Guillaume
de Montauban; puis Alain de Tyntyniac, Tristan
de Pestivien, Alain de Kerauraès et son oncle Olivier de Kerauraès, Louis Gouyon et Olivier de
Fontenois, Hugues Catus, le Sage, et Geoffroy
de la Roche qui sera fait chevalier et dont le
père Budes de la Roche alla combattre jusqu'à
Constantinople par amour de la gloire. »

Beaumanoir compléta ensuite son effectif en

choisissant les onze autres écuyers dont les noms
suivent et qui avec les dix-huit combattants ci-
dessus désignés et lui-même, formèrent le con-
tingent de trente, savoir : Geoffroy Poulard. —
Maurice de Trezeguidy. — Guyon de Pont-Blanc.
— Morice du Parc. — Geffroy de Beaucours. —
Geffroy Mellon. — Jehannot de Serent. — Guillaume de la Lande. — Olivier de Bouteville (ou
Mouteville). — Simon Richard et La Villéon.

Tous acceptèrent et promirent solennellement
de combattre avec force et courage jusqu'à la
mort.

Sire Robert Brambroch, capitaine des Anglais
chercha de son côté trente chevaliers ou écuyers,
mais il eut beaucoup de peine à les trouver ; ceux
qui décidèrent enfin d'accepter le défi de Jehan de
Beaumanoir, au nombre de vingt-neuf, furent les
suivants :

Robert Knolles. — Hugue de Calverly. — Cru-
cart ou (Crocquart). — Jehan Plesanton. — Ridèle
le Gaillart. — Helecot, son frère. — Jennequin
Taillart. — Rippefort le Vaillant. — Richard d'Ir-
lande. — Thomelin Belifort. — Huceton Clemen-
beau. — Jennequin Betoncamp. — Renequin (ou
Jennequin) Herouart. — Gaultier l'Alemant. —
Hulbure le Vilart. — Renequin (ou Jennequin)
Mareschal. — Thommelin Hualton. — Robinet
Mélipart. — Isanay le Hardy. — Bicquillay. —
Helichon le Musart. — Troussel. — Robin Adès.
— Dango le Couat. — Le Nepveu de Dagorne. —
Perrot de Comenan. — Guillemain le Gaillart. —
Raoulet d'Aspremont et Dardaine.

Parmi ces trente combattants, il y avait 20

2

Anglais, 6 Allemands et 4 Brabançons. — Ils étaient armés de plates (gantelets de lames de fer) de bassinets (casques de fer très légers) et de hauberjons (cottes de mailles qui couvraient la poitrine jusqu'au défaut des côtes et descendaient jusqu'aux genoux); d'épées, de dagues, de lances et de fauchons (sorte d'épée courbe en forme de faucille). Ils jurèrent de leur côté qu'ils extermineraient Beaumanoir et sa troupe.

Le jour du combat fut fixé au samedi, veille du dimanche de « *Lætare Jerusalem* », le 26 mars 1351, c'est-à-dire au commencement du règne de Jean II roi de France, et l'endroit du rendez-vous fut choisi au lieu dit Chêne de Mi-Voie entre Josselin et Ploërmel, dans une prairie entourée de genêts. Cet endroit se trouve actuellement dans la commune appelée La Croix-Helléan, à trois quarts de lieue de Josselin.

Jehan de Beaumanoir et sa troupe assistèrent le matin à la messe et communièrent. Il adressa ensuite à ses compagnons les paroles suivantes:

« Seigneurs, vous allez avoir affaire à des Anglais d'un grand courage et qui veulent notre perte. Je prie et requiers chacun de vous d'avoir bonne contenance. Tenez-vous près l'un de l'autre comme gens vaillants et sages; si Jésus-Christ vous donne la force et l'avantage, tous les Barons de France en auront grande joie, et le duc Débonnaire, Charles de Blois, à qui j'ai fait hommage, et la noble duchesse à qui je suis allié, nous estimeront toujours. Jurons tous devant Dieu, qui fit l'homme à son image, que si nous trouvons Brambroch dans la plaine, hors du Bocage, jamais personne de sa famille ne le reverra. »

Brambroch lui aussi anima le courage des siens par des exhortations :

« J'ai fait lire mes Livres; Merlin le magicien nous promet aujourd'hui la victoire sur les Bretons et je vous assure que la Bretagne sera délivrée et appartiendra au bon roi Edouard, car ainsi je l'ai résolu. Seigneurs, ayez confiance et réjouissez-vous; soyez sûrs et certains que Beaumanoir sera pris, lui et ses compagnons, qu'il en restera peu de vivants, et que nous les amènerons ensuite près du gentil Edouard, le brave roi d'Angleterre, qui nous a envoyés ici. Il les traitera tous selon son

Chevalier armé et coiffé du bassinet.
(D'après un manuscrit de la moitié du xive siècle.)

bon plaisir; nous lui remettrons toutes les terres que nous prendrons jusqu'à Paris et les Bretons ne nous braveront plus face à face. »

Brambroch arriva le premier sur le pré avec ses vingt-neuf guerriers; quelques instants après parurent Beaumanoir et ses compagnons; les premiers venaient de Ploërmel; les seconds arrivaient de Josselin. Le chef anglais demanda à remettre le combat à un autre jour, prétextant qu'il devait préalablement prendre les ordres du roi Edouard; il proposa en outre à son rival d'en référer de son côté au roi de Saint-Denis.

Beaumanoir malgré son désir de combattre sans retard crut néanmoins de son devoir de donner avis de cette proposition à ses compagnons d'armes. Charruel répondit au nom de ses camarades qu'ils étaient venus pour combattre Brambroch et que périsse plutôt celui qui voudrait quitter sans combattre ou ajourner le combat. « Allons à la bataille », s'écria Beaumanoir.

Brambroch insista de nouveau en disant que c'était grande folie que de causer par la témérité la mort de la fleur du duché, mais Beaumanoir annonça à son ennemi que tous ses compagnons avaient juré sa mort ainsi que celle de ses complices.

« Vos chevaliers et votre puissance, dit alors Brambroch, je les prise moins qu'une gousse d'ail, et malgré vous je me rendrai maître de la Bretagne. » Puis s'adressant aux Anglais: « Frappez sur les Bretons, mettez-les tous à mort, gardez qu'aucun d'entre eux ne vous échappe. »

Le premier choc fut terrible et funeste aux Français, Charruel fut fait prisonnier, Geffroy Mellon frappé à mort, Tristan de Pestivien reçut un violent coup de maillet et Jean Rousselet fut grièvement blessé. La lutte continua avec le même acharnement. Tristan de Pestivien appela à son secours Beaumanoir qui leva sa grande épée, renversa et frappa chacun de ceux qu'il rencontrait. Le combat fut si violent qu'une suspension d'armes fut jugée nécessaire et demandée de part et d'autre, afin de se désaltérer avec le vin d'Anjou que chaque combattant portait dans sa gourde.

Après un court repos, la bataille recommença au milieu de la prairie, le carnage fut affreux et la mêlée fut terrible.

Les Bretons eurent encore le désavantage; deux autres d'entre eux perdirent la vie et trois autres' furent faits prisonniers. L'écuyer Geoffroy de la Roche demanda alors la chevalerie et Beaumanoir le fit chevalier sur le champ de bataille, en l'invitant à se souvenir du courage que montra son aïeul Budes de la Roche au siège de Constantinople.

Brambroch intima à Beaumanoir l'ordre de se rendre. « Rends-toi vite Beaumanoir, s'écria l'Anglais, je ne te tuerai pas, mais je te donnerai en présent à ma mie, car je le lui ai promis, et je ne mentirai point, aujourd'hui je t'amènerai devant elle! »

« C'est aussi mon intention, répond Beaumanoir, et nous l'entendons bien ainsi, moi et mes compagnons, s'il plaît au Dieu de Gloire, à Sainte Marie, au bon Saint Yves en qui j'ai confiance! Jette-donc le dé et ne ménage rien, le hasard tombera sur toi, tu ne vivras pas longtemps. »

Alain de Kerauraès qui avait entendu les paroles de Brambroch, lui porta au même instant un coup de fer de sa lance au visage et tira son glaive; Brambroch tomba couvert de sang, se releva et malgré son horrible blessure s'avança vers lui ; mais messire Geffray du Boys l'ayant aperçu le frappa également de sa lance et Brambroch tomba cette fois inanimé sur le sol, pour ne plus se relever.

Les Anglais, voyant leur chef mort, éprouvèrent un moment d'hésitation ; l'allemand Crucart (ou Croquart), chercha à les encourager par ses paroles et les invita à se tenir serrés étroitement les uns contre les autres, afin de tuer quiconque approcherait.

Even Charruel, Tristan de Pestivien et Caro de Bodegat qui avaient été faits prisonniers pendant les premiers chocs purent être délivrés aussitôt après la mort de Brambroch.

La bataille recommença de nouveau avec fureur aux cris de vengeance poussés par Croquart, et par le géant Thomelin Belifort.

Beaumanoir et ses compagnons s'élancèrent sur les Anglais, et renversèrent Dardaine et un de ses compagnons qui tombèrent morts sur le pré. Mais Beaumanoir fut blessé lui-même dans le choc. La chaleur était excessive, et la terre était trempée de sang et de sueur. Beaumanoir qui était à jeun éprouvait une soif ardente ; il demanda à boire à Geffray du Boys qui lui répondit : « Bois ton sang Beaumanoir, ta soif se passera, et l'honneur de cette journée nous restera ; chacun y gagnera vaillante renommée dont le souvenir ne s'effacera jamais ! » Ces paroles ont traversé les siècles après avoir fait l'admiration de ces preux.

Les Anglais se tenaient serrés en un faisceau que rien ne semblait pouvoir disjoindre. Guil-

Le combat des Trente.

laume de Montauban, jugeant la position plus critique que jamais, rassembla son courage, chaussa ses éperons, s'arma de sa lance, monta sur un des chevaux des chevaliers[1] et fit semblant de fuir.

« A quoi pensez-vous, ami Guillaume, lui cria Beaumanoir, comment fuyez-vous comme un faux et mauvais écuyer? Cela vous sera reproché à vous et à votre race! »

« Besognez, franc et vaillant chevalier, lui répondit Montauban, car de mon côté j'ai l'intention de bien besogner! »

Montauban piqua de ses éperons les flancs de son ardent coursier, et le dirigea sur le carré des Anglais; il en renversa sept du premier choc; trois autres tombèrent sous les pieds de son cheval au retour; il mit ainsi la désunion dans leurs rangs. Les Bretons s'élancèrent alors sur eux, et en firent prisonniers un certain nombre, les autres durent se soumettre.

La plus grande gloire de ce terrible combat qui dura plusieurs heures revient à Jehan de Beaumanoir, au sire de Tyntyniac et à Guillaume de Montauban. Le souvenir de cette victoire a traversé les siècles en faisant l'admiration de toutes les générations; elle fut d'abord racontée de bouche en bouche, comme jadis le siège de Troie; elle fut ensuite chantée par les poètes, et un manuscrit daté de 1470, conservé à la Bibliothèque Nationale, relate les détails de cette fameuse rencontre; enfin il existe une peinture qui reproduit cette

1. Les chevaliers Bretons s'étaient rendus à cheval au lieu du rendez-vous et avaient mis pied à terre pour combattre.

scène émouvante ; elle est due au pinceau d'un artiste éminent M. Penquilly L'Haridon. Ce tableau qui a figuré dans les galeries du musée de Versailles auquel il appartient, représente le moment du combat où Jean de Montauban opère sa seconde charge sur le groupe déjà dispersé par la première.

Les Anglais ont passé sous silence ce fait d'armes qui n'est pas à leur avantage, et les histoires d'Angleterre n'en parlent pas. Aucun doute ne saurait cependant exister au sujet de la réalité de la bataille des Trente.

Le Livre des faits et bonnes mœurs du roi Charles V, composé en 1403 par Christine, ainsi que l'histoire de la vie, des faits héroïques du valeureux prince Louis II duc de Bourbon, composée en 1429 par Jean d'Orrouville en font mention.

Le premier de ces livres dit en effet que : « arriva en France (1370) Yvain de Galles... Et avec lui un sien parent et compagnon moult vaillant escuyer qui jadis avait esté de la bataille des Trente du côté des Anglois, appelé Jehan de Vuin (nom de pays, ce devait être Jehan Plesanton) dit le poursuivant d'amours, avesquez autres gallois. » (Edition de l'abbé Lebeuf, publiée en 1745. — Livre II. — Chapitre 26.)

Le second dit de son côté : « Et chevauchèrent les seigneurs (le duc de Bourbon et le connétable en 1373), devant Dinan, qui est l'entrée de Bretagne Bretonnante, où dedans estoit Maurice de Trésiguidy, le plus vaillant chevalier de Bretagne, car il fut l'un des chefs de la bataille des Trente. » (Edition de Jean Papire-Masson, publiée en 1612. — Chap. 15.)

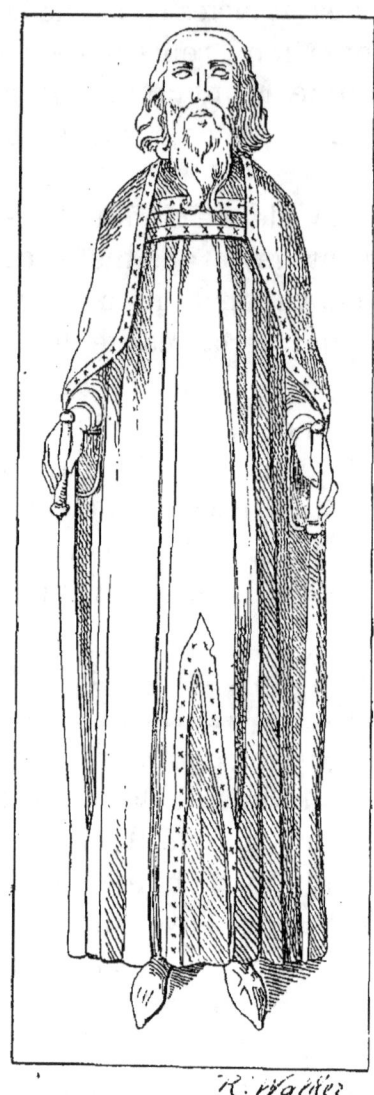

Édouard III

Le combat des Trente sur l'existence duquel certains historiens ont des doutes, ne fut pas la seule lutte engagée dans des conditions numériques fixées à l'avance. En 1406, en effet, sous le règne de Charles VI, sept Français et sept Anglais, ayant à leur tête Barbasan et le chevalier de l'Escale se réunirent en champ clos et se battirent les uns contre les autres. Les Anglais furent comme au combat des Trente battus par les Français[1].

Ces sortes de combats singuliers étaient fréquents au quatorzième siècle.

Philippe VI de Valois lui-même, à la suite de ses différends avec Édouard III, roi d'Angleterre lui adressa un cartel de ce genre et

1. Abrégé chronologique de l'histoire du Président Hainaut.

lui proposa de désigner un certain nombre de chevaliers Anglais pour se battre contre un même nombre de chevaliers Français. La proposition fut il est vrai repoussée par le roi d'Angleterre, mais elle prouve que le roi de France, qu'il s'appelât Philippe VI ou Jean II, admettait ces combats, et qu'il ne pouvait qu'approuver celui des Trente.

Le manuscrit de 1470 dont il vient d'être question, avait jadis appartenu, ainsi que l'indique une inscription figurant au verso du dernier feuillet, à Symon (Pierre), conseiller à la Cour, demeurant à Vernon-sur-Seine. Il renferme les pièces suivantes :

« Le testament de Maistre Jehan de Meun ;
« Le traité de Mellibec et de Prudence sa femme ;
« La bataille de XXX Anglais et de XXX Bretons
« qui fut faite en Bretagne ;
« La table du livre hystorial des fais de funt mons.
« Bertran du Guesclin jadis duc de Moulines, comte
« de Longueville et de Bourge, connestable de France,
« de plusieurs nobles et gentils hommes estans aves-
« que luy en guerres, tant en plusieurs batailles faites
« contre les Englois et Nauarrais ennemis du
« royaume. »

Au sud de l'église de Saint-Sauveur à Dinan se trouve une chapelle gothique qui renferme les cercueils des seigneurs de Beaumanoir, au nombre desquels se trouve celui du héros des Trente.

A l'exemple des trente chevaliers Bretons qui combattirent vaillamment contre les Anglais du XIVe siècle, les Français du XXe sauront montrer toujours le courage et la force nécessaires pour repousser toute domination étrangère et mourir pour la cause et le bien de la patrie.

MONUMENT

ÉLEVÉ EN SOUVENIR DE LA BATAILLE DES TRENTE.

Un chêne séculaire, appelé chêne de Mi-voie, au pied duquel les trente héros donnèrent rendez-vous aux trente Anglais, fut longtemps le seul indice qui indiquât au voyageur le théâtre de tant d'exploits et de si hautes prouesses. Lorsqu'il disparut, on plaça au milieu du pré arrosé du sang des valeureux chevaliers qui combattirent en la fameuse journée des Trente, une croix en pierre de cinq pieds de hauteur. Cette croix, tombée en ruines, fut relevée en 1776 sur la demande de Martin d'Aumont, commissaire des États de Bretagne, aux frais de la province; on y grava l'inscription suivante :

A LA MÉMOIRE PERPÉTVELLE

DE LA BATAILLE DES TRANTE

QVE MONSEIGNEVR MARÉCHAL DE BEAVMANOIR

A GAGNÉ EN CE LIEV L'AN 1350 (1351).

Pendant la Révolution, cette croix fût brisée ainsi que la pierre qui portait l'inscription ci-dessus.

En 1811, le Conseil général du département du Morbihan, à la suite d'un vœu exprimé par le Conseil d'arrondissement de Ploërmel, vota une

somme de 2 400 fr. pour l'érection d'un monument commémoratif du fait d'armes qui s'était
passé quatre cent soixante ans auparavant à quelques kilomètres de cette ville. Mais la construction en fut différée à la suite des événements poli-
tiques qui surgirent en 1812 et ce ne fut qu'en
1819 que les travaux furent commencés. La pose
de la première pierre eut lieu le 11 juillet de la
même année, en présence du comte de Chazelles,
préfet du Morbihan, du comte de Coutard, lieutenant-général des armées, et de M. de Bausset
évêque de Vannes.

Le monument, construit par M. Pion, ingé-
nieur des ponts et chaussées du département du
Morbihan, consiste en un obélisque d'un mètre
soixante centimètres à sa base, et de 15 mètres de
hauteur, placé au centre d'une étoile plantée
d'arbres. L'ancienne inscription a été posée près
de l'obélisque sur lequel est inscrit:

Au levant, du côté de Ploërmel: Sous le règne de
Louis XVIII, roi de France et de Navarre, le
Conseil général du département du Morbihan a
élevé ce monument à la mémoire de XXX Bretons.

Au couchant, du côté de Josselin: La même inscription en langue celtique.

Au Midi: Les noms des trente Français.

Au Nord: 27 mars 1351 [1].

---

1. Ainsi qu'il a été dit plus haut, c'est le 26 mars et non le 27 mars
1351.

NOTES BIOGRAPHIQUES

SUR LES CHEVALIERS OU ÉCUYERS BRETONS QUI
VÁINQUIRENT LES ANGLAIS AU COMBAT
DES TRENTE, LE 26 MARS 1351.

JEHAN III DE BEAUMANOIR, chevalier. — Il était fils
de Jehan II de Beaumanoir et de Marie de Dinan.

Il descendait d'Henri de Beaumanoir, qui se
trouvait au nombre des nobles Bretons qui s'as-
semblèrent à Vannes en 1302 avec l'intention de
venger le meurtre du duc Arthur, assassiné par
son oncle Jean-sans-Peur, et devint, à l'exemple des
seigneurs du pays, un fidèle partisan de la cause
de Charles de Blois. Il occupa le poste de commandant du château de Josselin en 1350, pendant la captivité de Charles de Blois, en même
temps que Richard Brambroch occupait Ploërmel
pour Jean de Montfort.

Son oncle Robert de Beaumanoir qui avait été
fait prisonnier avec Charles de Blois au combat de
La Roche-Derrien mourut en Angleterre, et Jehan
de Beaumanoir lui succéda dans le poste de Maréchal de la Bretagne.

Ces deux personnages, Jehan et Robert de Beaumanoir ne sauraient d'ailleurs être confondus. Le
poète inconnu, qui était contemporain du combat,
qui célébra la victoire des trente Bretons sur les
trente Anglais au combat de Mi-voie, et qui
pourrait bien être également l'auteur du « Rou-
mant en vers de Duguesclin », s'exprime d'ail-

Jean-sans-Peur.

D'après une miniature d'un manuscrit dû XVe siècle, conservé à la Bibliothèque
nationale de Paris.)

leurs ainsi qu'il suit dans ce poème dont nous ne donnons que l'extrait ci-après :

> Tant qu'advint la journée que Dieu oust ordonné
> Que *Beaumanoir* le bon, qui tant fût alosé
> Messire *Jehan* le sage, le preux et le sensé, etc.

Et continue plus loin :

> Grande fut la bataille et longuement dura
>
> . . . .
>
> *Forment* se combattoient, l'un l'aultre n'épargna
> La chaleur fut moulte grande, chacun s'y tressua
> De sueur et de sang, la terre rossoya.
> A ce bon samedy Beaumanoir si jeusna
> Grand soif oust le Baron : à boire demanda
> Messire Geffray du Boys tantost respondu a :
> Bois ton sang! Beaumanoir, la soif te passera!

Enfin le poète termine par ces mots :

> Cy finit la bataille
> Qui fut faicte l'an de grâce 1350 (1351.)

Jehan de Beaumanoir fut envoyé en Angleterre en 1352 par Jeanne la Boiteuse pour demander la délivrance de son mari Charles de Blois. Il fut en outre choisi comme médiateur entre Charles de Blois et Jean de Montfort; mais cette tentative n'eut aucun résultat, elle fut suivie de la bataille d'Auray où Charles de Blois fut tué et où Jehan de Beaumanoir fut fait prisonnier.

Jehan de Beaumanoir avait épousé en premières noces Typhaine de Chemillé dont il eut un fils, Jean de Beaumanoir, IVe du nom, qui fut tué par un paysan, Roland Moysan.

En secondes noces, il épousa Marguerite de

Rohan dont il eut Robert de Beaumanoir mort sans postérité. Le chef des Trente mourut vers 1366.

JEHAN DE TYNTYNIAC, chevalier. — Il fut le premier chevalier choisi par Jehan de Beaumanoir pour aller combattre les Anglais à Mi-voie.

Il était fils d'Olivier, IIIᵉ du nom, seigneur de Tyntyniac et d'Eustaice de Chasteau-Brient, seconde fille de Geoffroy de Chasteau-Brient, VIᵉ du nom et d'Isabeau de Machecoul. Jean de Tyntyniac embrassa avec ardeur le parti de Charles de Blois, et se distingua par sa bravoure en cette glorieuse journée. Il fut tué deux ans après, à la bataille de Mauron. Il épousa Jeanne de Dol dame de Combour, dont il eut une fille, Isabeau de Tyntyniac qui se maria à Jean de Laval. Jeanne de Laval, issue de ce mariage devint la femme de Du Guesclin.

GUY DE ROCHEFORT, chevalier. — Il fut le second chevalier choisi par Beaumanoir ; il était fils de Thébaud de Rochefort et de Marie de Montmorency. Il fut intrépide dans le combat et mourut en février 1396.

EVEN CHARRUEL, chevalier. — Il y a tout lieu de penser que Even Charruel était le fils de Henri Charruel qui fut témoin en 1320 du contrat de mariage d'Alain de Rohan et de Jeanne de Rostrenen. Il prit la défense de la cause de Charles de Blois, assista à la défense de Rennes, à côté de Jean de Malestroit et de Bertrand Du Guesclin en 1342, et fut au nombre des trente chevaliers choisis par Beaumanoir pour combattre à Mi-voie.

3

Dès le commencement de la bataille, Even Charruel fut fait prisonnier par Brambroch, en même temps que Caro de Bodegat et Tristan de Pestivien grièvement blessé, mais il fut délivré aussitôt après la mort du chef anglais.

La blessure reçue par Even Charruel fut telle qu'elle laissa sur son visage des traces qui ne s'effacèrent jamais. L'historien Froissart en effet dit en parlant de lui :

« Je vois seoir à la table du Roy Charles de France un chevalier Breton qui esté y avait, Messire Yewains Charruel. Mais il avait le viaire (visage) si détaillé et descoupé qu'il montroit bien que la besogne fut bien combattue. »

Even Charruel fut envoyé à Londres en 1352 par Jeanne de Penthièvre, pour obtenir la délivrance de Charles de Blois prisonnier depuis la bataille de La Roche-Derrien.

Robin Raguenel de Saint-Yon, chevalier. — Il combattit courageusement au combat des Trente et fut un personnage important sous les ducs Jean II, Arthur II et Jean III. Il eut un fils appelé Jean ; deux de ses arrière-petites-filles épousèrent l'une Jean de Rieux, l'autre Tanneguy du Chastel.

Caro de Bodegat, chevalier. — Il naquit dans un château de son nom situé près de Mohon. Il était fils de Monsour Caro de Bodégat et de Aliénor, morte en 1320. Sa famille était alliée à celle des Coëtlogon.

Un de ses ancêtres avait épousé Isabelle, fille du comte Eudon III de Porhoët, veuve de Raoul de Fougères.

Caro de Bodegat fit preuve d'un grand courage au combat des Trente. Dès le commencement de la lutte, il fut frappé d'un coup de masse d'armes, et fut fait prisonnier en même temps que Charruel et Tristan de Pestivien; mais il fut délivré au moment où Brambroch tomba mort, et alla rejoindre Beaumanoir pour continuer, quoique grièvement blessé, le combat commencé.

OLIVIER ARREL. — Il fut au nombre de ceux sur lesquels Beaumanoir jeta les yeux pour aller combattre à Mi-voie. Olivier Arrel appartenait à une ancienne famille bretonne; il assista à la bataille de La Roche-Derrien.

GEFFRAY DU BOYS, chevalier. — « Messire Geffray du Boys, qui était de grand renom », dit le poème, fut choisi par Beaumanoir pour combattre les Anglais le 26 mars 1351. Dans le plus fort du combat, il tua d'un coup de lance le chef anglais Brambroch, qui avait été blessé quelques instants auparavant par Alain de Kerauraès. Ce fut lui qui répondit à Beaumanoir altéré par l'ardeur du combat et la chaleur de la journée:

« Beaumanoir, bois ton sang! ta soif se passera. »

Ce fut lui enfin qui rassura son chef, au moment où les Anglais voulant venger la mort de Brambroch se groupèrent autour de Croquart.

Il existe encore deux familles qui revendiquent la gloire de descendre de ce héros des Trente: les du Bois de la Ferronnière et les du Bouays de Couësbouc.

GUILLAUME DE LA MARCHE, chevalier. — Le poème

dè Guillaume de Saint-André dit qu'un sire de la
Marche fut tué au combat de Mauron ainsi que le
sire de Tyntyniac (1352) c'est-à-dire quelque temps
après la bataille des Trente. Il y a tout lieu de
supposer que ce sont les héros de Mi-voie.

Plusieurs familles de La Marche ont revendi-
qué l'honneur d'appartenir à celle de Guillaume
de La Marche; mais il est difficile de l'attribuer
plutôt à l'une qu'à l'autre.

JEHAN ROUSSELET, chevalier. — Le chevalier Jehan Rousselet, choisi par Beaumanoir pour combattre les Anglais fut courageux dans le combat
et fut grièvement blessé. C'est tout ce que l'on
sait de ce preux.

GUILLAUME DE MONTAUBAN, écuyer. — Guillaume
de Montauban fut le premier écuyer choisi par
Beaumanoir pour combattre contre les trente Anglais de Brambroch.

Guillaume de Montauban était fils de Renaud
de Montauban et d'Amicie du Breil, dame du Bois
de La Roche. Il fut un des plus dévoués parti-
sans de la cause de Charles de Blois et de Jeanne
de Penthièvre, et était un des plus jeunes des
Trente. Il décida néanmoins de la victoire. En
effet aussitôt après la mort de Brambroch, les
Anglais se groupèrent en carré sur l'invitation de
l'Allemand Croquart.

Il fallait vraiment un courage de preux pour
oser s'élancer seul à cheval contre un carré de
vingt-six hommes armés. Guillaume de Montauban exécuta néanmoins cette charge qui le couvrit
de gloire et fera passer son nom à la postérité.

ALAIN DE TYNTYNIAC, écuyer. — Il fut le second écuyer choisi par Beaumanoir. Il était parent du chevalier Jehan de Tyntyniac, il avait précédemment assisté à la prise de Quimper en 1343.

La famille de Tyntyniac n'était pas encore éteinte au commencement du XIXe siècle. Un descendant de cette maison, le comte Hyacinthe de Tinténiac lieutenant général, avait assisté à la cérémonie commémorative du combat des Trente en 1819.

TRISTAN DE PESTIVIEN, écuyer. — Il fut choisi par Beaumanoir le troisième parmi les écuyers.

Il fut blessé dès le commencement du combat et fut fait prisonnier en même temps que Charruel et Caro de Bodegat.

Tristan de Pestivien fut délivré aussitôt après la mort de Brambroch.

Le château de Tristan de Pestivien était à la fin du XIVe siècle une place forte qui fut reprise aux Anglais par Du Guesclin. On en voit encore quelques ruines près de Callac. Il existe dans les Côtes-du-Nord une commune qui porte encore de nos jours le nom de « Pestivien ».

ALAIN DE KERAURAÈS et OLIVIER DE KERAURAÈS, son oncle, écuyers. Lorsque Brambroch proposa à Beaumanoir de se rendre, ajoutant qu'il ne le tuera pas et qu'il l'emmènera comme présent à sa mie, Alain de Kerauraès indigné s'élança sur Brambroch qu'il blessa de sa lance et qui est achevé par Geffray du Boys.

La famille de Kerauraès, dont un des membres fit la croisade de 1248 avec Louis IX, était originaire de Plouaret; elle s'allia à la maison de

Montauban en 1432 et à celle des Rohan-Guemené en 1466.

Louis Gouyon, écuyer. — Cet écuyer choisi par Beaumanoir était fils de Estime Gouyon, qui épousa en 1170 en premières noces Lucie de Matignon, et en secondes noces Alix Paynel.

L'origine de la famille Gouyon remonte au xiᵉ siècle; un de ses membres aida Alain Barbetorte à chasser les Normands de la Bretagne vers 951, et bâtit le château de La Roche-Goyon (en Matignon près Saint-Brieuc); un autre Geoffroi Goyon fit donation vers 1130 à l'abbaye de Saint-Michel, de ses biens de Saint-Méloir. Enfin plusieurs autres encore figurent dans les cartulaires de diverses abbayes, comme témoins de donations.

Geoffroy de la Roche, écuyer. — Il était un des plus jeunes écuyers qui assistèrent à la bataille des Trente; il était le second fils de Budes de la Roche, seigneur d'Uzel et de Jeanne Du Guesclin. Budes de la Roche, par amour de la gloire, alla guerroyer au service de l'empereur de Constantinople contre les Sarrasins. Les exploits de ce preux furent si grands que sa renommée se répandit partout.

Geoffroy de la Roche demanda pendant le combat à être nommé chevalier; il fut séance tenante, fait droit à sa requête.

Guyon de Pont-Blanc, écuyer. — Ce preux choisi par Beaumanoir pour assister à la bataille des Trente en qualité d'écuyer, était fils du chevalier de Pont-Blanc qui fut tué par les Anglais au combat de Lannion.

Cette famille est éteinte depuis le xve siècle.

GEFFROY DE BEAUCOURS, écuyer. — Dans le vieux poème sur le combat des Trente auquel la plupart des détails de ce récit sont empruntés, on lit que Geffroy de Beaucours, fut au nombre des écuyers qui y combattirent.

L'histoire n'a conservé aucune relation concernant cet écuyer qui eut une fille, mais ne laissa après lui aucun enfant mâle. On trouve néanmoins au xve siècle divers personnages de ce nom, comme archers et gentilshommes de la Cour.

MORICE DU PARC, écuyer. — Il avait embrassé avec ardeur la cause de Charles de Blois au service duquel il mit non seulement son épée, mais encore sa bourse, ainsi que le constate une pièce trouvée aux archives de la famille de Penthièvre et datée du 1er mars 1359.

Il occupa le poste de Kemper-Corentin, prit part au siège d'Auray et assista en 1372 à l'affaire de Chisey où les Anglais furent mis en déroute.

JEHANNOT DE SÉRENT, écuyer. — On connaît peu de choses sur ce de Sérent qui assista au combat des Trente en qualité d'écuyer. Lorsque Charles de Blois revint d'Angleterre, Jehannot de Sérent qui se trouvait à Paris reçut de lui de quoi se monter et retourner en Bretagne (1356).

Une commune du Morbihan porte encore le nom de Sérent, qui fut le lieu d'origine de la famille de ce héros des Trente.

OLIVIER DE FONTENOIS, écuyer. — Il revint sain et sauf du combat des Trente, car il se trouva au nombre des gens d'armes à la monstre faite par Beaumanoir le 30 août 1351. A cette monstre se trouvaient également ses compagnons d'armes Geffray du Boys, Tristan de Pestivien, Alain de Kerauraès et Loys Gouyon.

Il existait jadis aux environs de Rennes un manoir qui portait le nom de Fontenay.

Amaury de Fontenay, parent du héros des Trente, fut présent au traité de Guérande, et devint chambellan de Jean IV, puis capitaine du château de Rennes, poste qu'il occupa jusqu'en 1409.

HUGUES CAPUS (OU CATUS), écuyer. — Le nom de cet écuyer a été écrit d'une façon incorrecte dans le poème. Son véritable nom est Hugues Catus; il fut présent sous cette dernière appellation, à la monstre qui eut lieu à Dinan le 1er juillet 1351, en compagnie de Guy de Rochefort et de Caro de Bodegat. Cette monstre avait été faite par Thibaud de Rochefort.

GEOFFROY POULARD, écuyer. — Cet écuyer fut tué au combat des Trente. Sa famille était toute dévouée à la cause de Jeanne la Boiteuse. Il avait un frère, Pierre Poulard, qui, comme lui, servit en qualité d'écuyer sous les ordres de Beaumanoir. Armé chevalier en 1356, il fit partie de la mission qui se rendit en Angleterre pour obtenir la liberté de Charles de Blois, fait prisonnier à la bataille de La Roche-Derrien.

MAURICE DE TRÉZEGUIDY, écuyer. — Cet écuyer se comporta en brave à la bataille des Trente, après laquelle il continua à servir avec ardeur la cause de Jeanne la Boiteuse. Il devint en 1370 lieutenant

de Bertrand Du Guesclin et capitaine de Hennebont.

Charles VI confia plus tard à Maurice de Trézeguidy (ou Trésiguidy)
une mission en Espagne.
Ce combattant des Trente
fut en outre nommé ca-
pitaine de Paris par le roi
de France le 11 février
1381.

GUILLAUME DE LA LANDE,
écuyer. — Il signa, le 12
avril 1365, le traité de
Guérande comme témoin
de Jeanne la Boiteuse,
veuve de Charles de Blois.
Il épousa Jeanne de Gui-
gnen et eut pour fils
Tristan de La Lande, qui
devint grand maître de
Bretagne et mourut en
1431.

OLIVIER DE BOUTEVILLE (OU
DE MOUTEVILLE), écuyer. —
Il revint sain et sauf du
combat des Trente et figu-
ra à la monstre de Beau-
manoir le 30 août 1351. Sa

Statue de Du Guesclin sur son
tombeau à l'abbaye de Saint-
Denis.

famille remonte à 1263, époque à laquelle on trouve
un écuyer portant le nom de Jean de Bouteville. Un
parent du héros des Trente, Simon de Bouteville,
avait servi sous les ordres de Charruel en 1356.

SIMON RICHARD, écuyer. — Bien que le poëme sur la bataille des Trente porte le nom de Rachart, par suite d'une faute de copie sans doute, ce fut un écuyer appelé Richard qui assista à ce combat. On trouve, en effet, Simon Richard parmi les écuyers de Du Guesclin.

Simon Richard signa le 12 mai 1381 la ratification du traité de Guérande.

Quant aux deux autres combattants des Trente, nommés : La Villéon et Geoffroy Mellon, l'histoire ne nous a laissé aucun renseignement ni sur leur vie ni sur leur famille.

La nomenclature donnée ci-dessus des Français (Bretons) et des Anglais qui combattirent au champ de Mi-voie, a paru la plus conforme aux noms qui figurent dans le poème de 1470 et que la tradition a laissés. Si elle diffère, à quelques noms près des listes présentées par divers auteurs (MM. Marteville et Varin, *Dictionnaire de Bretagne*, Crapelet et autres), elle a le mérite qui ne saurait être contesté, d'être conforme à celle établie, au tome III de son intéressante *Histoire de Bretagne* parue en 1899, c'est-à-dire après la rédaction du manuscrit du présent ouvrage, *Histoire* qui a pour auteur l'éminent membre de l'Institut M. Arthur Le Moyne de la Borderie, dont la compétence en la matière est aussi remarquable qu'universellement connue.

LA RÉVOLTE DES SUISSES DE CHATEAUVIEUX

LE HÉROS DE NANCY

LE HÉROS DE NANCY

(26 octobre 1790.)

André Joseph Marc Désilles, naquit à Saint-Malo, le 11 mars 1767. Il était fils de Pierre-François Désilles de Cambernon, écuyer, et de dame Jeanne Rose Michelle Picot, son épouse.

Cette famille, très estimée dans le pays, habitait à Saint-Malo, rue des Cimetières (actuellement rue Désilles), et passait la saison d'été à sa maison de campagne de Pleurtuit.

M. Désilles possédait en outre une autre propriété plus grande, appelée la Fosse-Hingant, près de Cancale. C'est là qu'il se fixa définitivement lorsqu'il vit sa famille s'augmenter par la naissance de trois filles ; et ce fut aussi là que grandit André Désilles, en compagnie de ses sœurs, qui se marièrent l'une à M. de La Fonchais, l'autre à M. Dufresne-Virel, et la troisième à M. Fournier d'Allérac.

Les noms d'André Désilles et de sa sœur, Mme de La Fonchais, méritent de passer à la postérité. L'on ne saurait assez rappeler leur noble conduite. Ces deux personnages doivent être donnés en exemple aux générations présente et future, car ils ont fait preuve chacun selon sa condition du dévouement le plus parfait envers leurs semblables.

André Désilles entra à l'École militaire qui avait été créée en 1751 par Louis XV, et où ne pouvaient être admis lors de sa formation, que les fils de gentilshommes ou ceux qui avaient déjà rendu des services signalés à la Patrie. A sa sortie de cette École, où il se fit remarquer par son intelligence et ses aptitudes militaires, il fut désigné pour entrer dans le régiment des chasseurs du Roi dont le commandant était M. de Balivière et qui tenait garnison à Nancy. Grâce à sa bonne conduite et son excellente manière de servir, il fut rapidement promu au grade de lieutenant.

En 1790, le lieutenant Désilles obtint un congé et se rendit à la Fosse-Hingant près de sa famille où il allait retrouver un peu de repos, et se retremper dans la douce affection des siens.

La Révolution de 1789 marchait à grands pas et élargissait chaque jour son œuvre de liberté si chère au peuple Français ; les événements fastes ou néfastes se précipitaient brusquement et l'esprit révolutionnaire, qui s'était déjà emparé du peuple, ne tarda pas à gagner les rangs de l'armée. Des troubles avaient éclaté à Marseille, à Bordeaux, à Béziers, et malgré la grande fête de la Fédération, qui eut lieu le 14 juillet 1790 au Champ-de-Mars, où le roi Louis XVI et le général La Fayette jurèrent de défendre la nouvelle Constitution, la France était à la veille de cette grande crise qui devait faire d'innocentes victimes, mais aussi abolir les abus du régime féodal.

L'Assemblée nationale avait prescrit en 1790, le remboursement aux troupes des masses des régiments. Cette décision fut la cause de grands

13 Juillet 1790. — Travaux au Champ-de-Mars, la veille de la fête de la Fédération.
(D'après une gravure du temps.)

désordres dans un certain nombre de corps; l'insubordination fut particulièrement grave à Nancy.

La garnison de cette ville se composait à cette époque de trois régiments, dont deux d'infanterie : celui du roi où servait le lieutenant André Désilles, et celui de Châteauvieux[1] enfin le troi-

1. Le régiment de Châteauvieux tirait son nom de M. Lullin de Châteauvieux auquel il fut donné en 1781, alors qu'il était à Perpignan. Ce régiment suisse vint tenir garnison à Nancy au mois de novembre 1788.

sième dit de « Mestre de Camp », était un régiment de cavalerie.

Le régiment du Roi mal conseillé par des meneurs inconnus fraternisa avec les gardes nationaux de la Meurthe et invita les deux autres régiments à suivre son exemple. Il en résulta des troubles qui devinrent fréquents et une grave conflagration était imminente; chaque jour des actes d'indiscipline étaient commis par les soldats de la garnison, qui, à l'insu de leurs chefs, fréquentaient les divers clubs formés à Nancy.

Dès que le lieutenant Désilles eut connaissance de l'effervescence qui régnait parmi les soldats de son régiment, il jugea que sa présence au corps était nécessaire et il crut de son devoir d'abréger sa permission, de quitter le toit paternel, et enfin de retourner près de ses compagnons d'armes. La séparation fut d'autant plus douloureuse et digne d'éloges qu'elle était volontaire et que, par ses instances, sa famille cherchait à le retenir près d'elle, en raison des dangers de l'avenir. Mais rien ne put ébranler la résolution prise par le jeune officier qui partit de La Fosse-Hingant dans les derniers jours de juillet 1790.

Le 9 août de la même année, les militaires du régiment du Roi demandèrent la vérification des comptes du trésorier et s'emparèrent d'une somme de 170000 fr. qui se trouvait en caisse. Deux hommes de ce régiment coupables de rébellion, allaient être traduits en conseil de guerre par le lieutenant-colonel Moiriant, mais ils furent enlevés le 14 août 1790 aux mains de la maréchaussée et portés en triomphe par leurs camarades dans les rues de la ville. Les suisses du régiment de Châteauvieux imitèrent ce fâcheux exemple d'insubordination et chargèrent deux de leurs camarades de se présenter chez le major, M. de Salis, pour lui demander de vérifier la caisse du régiment;

La Fayette.

mais cet officier supérieur, au lieu d'obtempérer à leur demande les fit fustiger à la courroie. Les cavaliers du régiment de « Mestre de Camp », qui jusqu'à ce moment étaient restés à l'écart de toute mutinerie, regardèrent la peine subie par les deux suisses comme une insulte faite à l'honneur militaire, et les ramenèrent triomphalement

4

à leur caserne ; ils exigèrent en leur faveur une réparation pécuniaire, qui leur fut accordée, et demandèrent en outre à leurs officiers une somme de 27 000 fr. qui fut refusée. Ce refus fut le signal de la révolte armée ; l'officier trésorier fut arrêté et sa caisse fut gardée par le régiment.

L'Assemblée nationale, prévenue par l'autorité locale des faits regrettables qui se passaient à Nancy, chargea le maréchal de Bouillé, gouverneur de la Lorraine, d'arrêter les coupables, de les punir sévèrement et au besoin de licencier les régiments insubordonnés. Cet officier général, avant d'employer la force, engagea les rebelles à rentrer dans l'ordre sous peine de subir des mesures disciplinaires de la plus grande rigueur. Les trois régiments, momentanément intimidés, se calmèrent ; celui du Roi rendit la caisse dont il s'était emparé et une députation composée de sous-officiers de la garnison se rendit à Paris afin d'obtenir le pardon et l'oubli des actes d'insubordination commis. Le ministre de La Tour-Dupin reçut la députation, parut touché du repentir exprimé et ordonna une enquête sur les faits accomplis et les réclamations formulées. Le général de Malseigne fut chargé de cette mission ; mais il fut mal reçu par la garnison de Nancy et fut obligé de se retirer à Lunéville, occupé par une garnison de carabiniers encore fidèles au devoir.

La situation au lieu de s'améliorer s'aggravait donc de jour en jour et la municipalité de Nancy, justement inquiète, adressa le 9 août 1790 à l'Assemblée nationale la lettre suivante :

« Nous avons l'honneur de vous adresser le procès-
verbal de notre séance. La journée d'hier a été horrible, les suites peuvent encore l'être davantage. Nos
trois régiments sont probablement aux prises avec
les carabiniers. Quoi qu'il en soit, à l'exemple des anciens Romains, nous avons juré de mourir dans la
chaise curule, pour le salut de notre cité. »

Le lendemain, le général de Malseigne entra à
Nancy avec les carabiniers; mais il fut presque
aussitôt abandonné par eux et devint prisonnier
des troupes en garnison dans cette ville.

A cette nouvelle, le maréchal de Bouillé quitta
Metz et partit pour Frouard près de Nancy, à la tête
de 600 grenadiers, de 4 bataillons suisses, de 14
escadrons de cavalerie, de 600 gardes nationaux, et
emmenant avec lui 8 pièces d'artillerie. Une députation envoyée par les habitants de Nancy et les
régiments mutinés se présenta à Frouard et fut
reçue par le maréchal de Bouillé; celui-ci exigea
qu'on mît en liberté l'officier général prisonnier,
que les trois régiments sortissent de la ville et se
rendissent à un endroit indiqué où ils atten-
draient les décisions de l'Assemblée nationale.
Cet ordre fut donné à 2 heures 1/2, le 31 août
1790, et il fut accordé 1 heure 1/2, c'est-à-dire
jusqu'à 4 heures, pour l'exécuter.

Dans l'intervalle le maréchal de Bouillé se dirigea vers la ville, du côté de la porte de Stainville
et forma d'abord ses troupes sur deux colonnes.
Là, il reçut une seconde députation et résolut
devant l'attitude pacifique de cette dernière de faire
entrer ses troupes à Nancy sur une seule colonne.

En agissant avec cette clémence le maréchal ne

se doutait pas que la populace de la ville et la plus grande partie des troupes de la garnison de Nancy se trouvaient en armes à la porte de Stainville, prêtes à lui résister et à s'opposer à son passage.

Sommation fut faite aux rebelles de se rendre ou de se retirer. Ces derniers, au lieu d'obtempérer à cet ordre, se préparèrent à mettre le feu à une pièce d'artillerie chargée à mitraille et braquée sur la route par laquelle arrivaient les troupes du maréchal de Bouillé.

Dans ce terrible moment où des soldats français allaient se battre contre leurs compagnons d'armes, André Désilles, pressé par une émotion profonde et poussé par un immense amour pour ses frères, prit l'énergique résolution de tout affronter, même au péril de sa vie, pour empêcher que le sang ne fût versé et pour arrêter les excès des soldats révoltés. Il se précipita dans un sublime élan au devant d'eux, leur arracha des mains la mèche incendiaire, se posta ensuite en avant de la bouche du canon braqué contre les troupes du maréchal de Bouillé, et s'écria :

« Ne tirez pas, ce sont vos amis, ce sont vos frères, c'est l'Assemblée nationale qui les envoie... Voulez-vous donc déshonorer votre drapeau en faisant feu sur eux. »

Mais ces nobles paroles furent inutiles, ce fut en vain qu'un aussi salutaire conseil, qui aurait dû être accepté comme un ordre, fut donné. En effet une seconde pièce d'artillerie fut placée par les soldats de Nancy en avant de la porte de Stainville, prête à faire feu sur l'armée française qui

Dévouement du lieutenant Désilles. (D'après un dessin du Musée Carnavalet, Lévy, phot).

apparaissait à quelque distance. Désilles n'hésite pas un instant, il s'élance de nouveau sur la lumière du canon, en intimant l'ordre de ne pas tirer.

Au même instant quatre coups de fusil retentirent ; l'intrépide officier tomba grièvement blessé. Le feu fut mis à la pièce, et soixante hommes dont trois officiers de l'armée du maréchal de Bouillé furent tués ou blessés.

Les régiments de Castellas et de Vigier se précipitèrent alors sur les soldats des régiments de Nancy auxquels s'étaient jointe la populace, enlevèrent la pièce de canon, entrèrent dans la ville et mirent en déroute les rebelles. La lutte fut terrible, elle dura trois heures. Le corps de l'infortuné Désilles fut foulé aux pieds par les combattants. Un garde national, appelé Hœner, parvint à enlever le jeune officier et à le transporter hors du combat. Le héros n'était pas mort, mais ses blessures étaient tellement graves qu'elles ne laissaient que peu d'espoir de le conserver à sa patrie, à sa famille, à ses compagnons d'armes.

Le maréchal de Bouillé après la prise de la ville, livra à la justice les meneurs de la révolte et les militaires les plus compromis.

Lorsque la nouvelle de l'héroïque conduite du lieutenant Désilles parvint à la Cour, le roi Louis XVI lui envoya la Croix de Saint-Louis. De son côté, M. Jessé, président de l'Assemblée nationale, lui adressa au nom des membres de cette assemblée, la lettre suivante :

« A Monsieur Désilles.

« L'Assemblée nationale, Monsieur, a appris avec
une juste admiration, mêlée d'une douleur profonde,
le danger auquel vous a exposé votre dévouement
héroïque. J'affaiblirais, en voulant le peindre, l'atten-
drissement dont l'Assemblée nationale a été pénétrée.
Un trait de courage et de civisme aussi sublime est
au-dessus de tout éloge, une récompense plus douce
et plus digne de vous vous est assurée : vous la trou-
verez dans votre cœur et dans l'éternel souvenir des
Français. L'Assemblée nationale apprendra avec satisfaction que vous êtes réservé à jouir encore longtemps
de la gloire dont vous venez de vous couvrir. C'est au
nom de l'Assemblée que je vous fais part de ces sentiments. Je me félicite d'être son organe.

       « Je suis, etc... »

Lorsque la nouvelle du dévouement du lieutenant Désilles et des blessures qu'il avait reçues
fut annoncée à sa famille, son père partit en poste
pour Nancy, où il arriva à temps pour voir son
fils encore vivant ; mais malgré tous les secours
de la science, André Désilles mourut dans les
bras de son père, des suites de ses blessures, le
17 octobre 1790. Ses funérailles eurent lieu le 19
du même mois. Son corps fut placé dans le ca-
veau des évêques de Nancy, à côté de celui du
cardinal de Lorraine.

Le maire de son pays reçut le 26 octobre 1790,
par un courrier spécial, la nouvelle de sa mort.
Le lendemain, le Conseil général de la commune
fit afficher l'adresse suivante :

« Le héros de Nancy n'est plus, Désilles n'est plus !
Nous sentons par nous-mêmes, en vous l'annonçant,

que vos cœurs sont profondément affligés, que des larmes coulent de vos yeux ; pleurez et ne plaignez pas son sort : Désilles, à l'âge le plus tendre, s'est dévoué pour sa patrie, son nom est immortel.

« Si la France est fière d'avoir eu dans son sein un citoyen aussi généreux, combien la ville qui l'a vu naître ne doit-elle pas s'en glorifier. Ce n'est plus, hélas ! qu'à ses cendres que nous pouvons offrir le tribut de notre reconnaissance. Joignez-vous donc à nous, chers concitoyens, en prenant le vêtement lugubre, symbole de la douleur.

« Ce soir, les cloches et l'artillerie vous annonceront la perte que nous avons faite. Mercredi prochain, 3 novembre, on célébrera à l'Eglise paroissiale un service solennel où sera prononcée l'oraison funèbre de notre vertueux concitoyen. Puissent d'âge en âge sa mémoire et son exemple reproduire le patriotisme sublime qui l'a conduit au tombeau et à l'immortalité. »

Un des membres du Conseil général se rendit en même temps à la Fosse-Hingant, afin d'annoncer à Madame Désilles la mort glorieuse de son fils, et lui remettre de la part de ce Conseil la lettre suivante :

« Madame,

« La mort d'un héros citoyen n'est pas un sujet d'affliction seulement pour ses parents et ses amis, c'est un malheur public. Toute la France est en deuil, toute la France pleure M. votre fils. Permettez-nous de mêler nos larmes aux vôtres... S'il a honoré sa famille, il a également honoré son pays et son siècle ; l'univers entier lui doit ses regrets. Ah ! si au prix des plus pénibles sacrifices nous avions pu lui sauver la vie, n'en doutez pas, Madame, il n'en est aucun que nous n'eussions fait pour lui, et nous partagerions avec vous le bonheur de posséder encore ce digne émule d'Assas. Comme lui, il s'est dévoué pour la patrie ; il s'est sacrifié pour épargner le sang de ses frères et pour éviter des crimes ; quelle vertu sublime à vingt-deux ans !

Puisse cette idée si touchante, Madame, se présenter souvent à votre souvenir et à celui de son malheureux père ! Puisse-t-elle vous aider l'un et l'autre à supporter votre douleur et vous fournir les consolations dont vous aurez besoin !... »

Les habitants de Saint-Malo, ainsi que ceux des communes voisines, pénétrés d'admiration pour le noble dévouement de leur jeune compatriote, assistèrent au service qui fut célébré à l'église paroissiale de cette ville le 3 novembre 1790 ; ils exprimèrent publiquement, les larmes aux yeux, leurs regrets et leurs sentiments de sympathie pour la famille Désilles ; les bâtiments du port mirent leurs pavillons en berne, les magasins furent fermés, toute la ville prit le deuil.

Le nom d'André Désilles a passé à la postérité, parce qu'il est mort pour la Patrie et au nom de la Fraternité. Des statues en nombre considérable ont été érigées en souvenir des hommes qui ont illustré la France depuis 1790. Aurait-on oublié le héros de Nancy ? S'il en était ainsi il serait encore temps de réparer une telle omission, car il s'agirait de récompenser et de glorifier un acte sublime qui immortalise le valeureux et noble Désilles.

A la suite de ces tristes événements, un conseil

de guerre se réunit à Nancy sous la présidence de M. Girardier, lieutenant-colonel du régiment suisse de Castellas, et rendit la sentence suivante :

« Cejourd'hui, 4 septembre 1790, le Conseil de guerre composé des régiments suisses de Castellas et de Vigier, assemblés à Nancy, a unanimement condamné les 138 séditieux arrêtés du régiment suisse de Châteauvieux, pour la part plus ou moins grande qu'un chacun a prise à la rébellion, séditions et horreurs qu'ils ont commises, savoir :

« Le nommé Soret, à être roué vif, comme un des 5 membres du comité des rebelles ; les nommés (22 hommes), à être pendus, jusqu'à ce que mort s'en suive ; les nommés (39 hommes), à servir comme forçats pendant 30 ans sur les galères du roi ; les nommés (2 hommes fugitifs), condamnés par contumace à la même peine ; les nommés (74 hommes), à être détenus dans les prisons, pour être rendus à leur régiment à la première réquisition qui en sera faite par le commandant du régiment de Châteauvieux.

« Le tout a été exécuté le jour, mois et an que dessus. »

Après que les débris du régiment de Châteauvieux furent rentrés dans le devoir, les officiers de ce corps écrivirent le 16 octobre à l'Assemblée nationale que leurs soldats voulaient rendre l'argent enlevé par les rebelles. L'Assemblée nationale décida le 6 décembre 1790, à la suite de cet acte de probité, qu'on inviterait les cantons helvétiques à faire grâce aux 41 soldats condamnés aux galères et aux 74 détenus dans les prisons. Mais les cantons suisses refusèrent toute amnistie.

. . . .

Quelque temps après les événements qu'on vient

André Chénier.

de raconter, une évolution s'étant faite dans les esprits, l'opinion vit sous un autre jour la rébellion de Nancy. La Révolution continuant son œuvre, voulut étendre sa bienveillance sur ces soldats dans la révolte desquels elle désirait ne plus voir qu'un moment d'oubli regrettable. On reconnut d'ailleurs que les chefs dont ils auraient dû respecter l'autorité — comme les soldats le

doivent toujours — avaient montré à leur égard
en plusieurs circonstances, une sévérité injustifiée
qui avait bien pu les pousser à la rébellion. Ce fut
pour ces raisons que l'Assemblée nationale, usant
d'indulgence, décida le 31 décembre 1791 que les
galériens de Châteauvieux seraient mis en liberté.

Ces hommes, au nombre de 40, firent à travers
la France un voyage triomphal; un comité se
forma à Paris pour leur faire une réception solen-
nelle. Le peintre David fut chargé de composer
la décoration de la fête et André Chénier fit une ode
en leur honneur. Ils furent admis à se présenter
à l'Assemblée nationale le 9 avril 1792 et enfin
Collot d'Herbois prononça leur panégyrique aux
cris de : Vive la nation !

La première fête de la liberté donnée à l'occasion des Suisses de Châteauvieux eut lieu le
15 juillet 1792.

LA
CONSPIRATION DE LA ROUËRIE

LA
CONSPIRATION DE LA ROUËRIE[1].

Armand-Charles Tuffin de La Rouërie, naquit à
Fougères le 14 avril 1751; il était fils du chevalier
Anne-Joseph-Jacques Tuffin, seigneur de la Rouërie, et de dame Thérèse de La Bélinay. D'une na-
ture ardente et belliqueuse, le jeune Armand de
La Rouërie se destina à la carrière militaire et
fut nommé en 1770 officier aux gardes-françaises
à l'âge de 18 ans. A la suite d'une aventure de
jeunesse, il provoqua en duel le comte de Bourbon-Busset, et fut blessé dans cette rencontre. A
la suite de cette affaire et de plusieurs autres duels,
il fut renvoyé des gardes-françaises et essaya de se
suicider en absorbant du poison. Soigné à temps,
il guérit, se lança de nouveau dans les plaisirs et

1. On remarquera que le ton général de ces pages semble être
en opposition avec les idées révolutionnaires qui dominaient en France
à l'époque où se placent les faits dont il s'agit. Cela tient à ce que
les documents qui forment la substance de ce récit émanent du milieu auquel appartenaient les amis de la Rouërie, ou de personnes
qui leur étaient favorables, et qu'ainsi ils en reflètent forcément
l'opinion.

Nous l'avons cependant placé dans ce volume, à cause de l'intérêt
qu'il présente, et des détails peu connus que l'on y trouve. D'ailleurs
on se fera, en le lisant, une idée de la manière dont le parti contre-
révolutionnaire appréciait les hommes et les faits de ce temps.

finalement ayant demandé sans succès en **mariage**
Mademoiselle Beauménil, actrice de l'Opéra, il
se retira de dépit à la Trappe.

Lorsque la guerre d'Amérique éclata, l'ardeur de
de La Rouërie se réveilla, et préférant l'épée à la
robe de moine, il s'empressa de quitter le couvent,
s'embarqua pour le Nouveau-Monde et dès son arrivée prit du service, comme simple volontaire,
dans la légion de Pulawski. Grâce à ses qualités
militaires et à son courage, il devint rapidement
major, fit des prodiges de valeur et fut nommé
par Washington commandant de cette légion, lorsque Pulawski fut tué devant Savannah.

Après la guerre d'Amérique, de La Rouërie revint en France, se maria avec Mademoiselle Gué-
rin de Saint-Brice, et devenant momentanément
paisible, il s'adonna à l'agriculture et aux bonnes
œuvres. Malheureusement pour lui, sa femme
tomba gravement malade ; il dut la conduire dans
le midi en compagnie de son ami, le docteur Latouche-Cheftel, qui l'avait soigné lui-même lors de
son duel avec le comte de Bourbon-Busset. Malgré le changement d'air et les soins prodigués à
la jeune malade, Madame de La Rouërie suc-
comba et son mari revint en Bretagne.

De La Rouërie fut un des douze députés envoyés
en 1787 par la noblesse bretonne pour réclamer la
conservation des privilèges de la province. Il fut
enfermé, ainsi que ses collègues, à la Bastille et
n'en sortit que plus apprécié de ses nombreux
amis.

Lorsque la Révolution de 1789 éclata, de La
Rouërie l'accepta en principe, parce qu'elle lui

faisait espérer des réformes qui lui semblaient nécessaires ; mais quand il vit que la royauté était
devenue impuissante et que la noblesse avait perdu ses privilèges, il la repoussa avec dédain, se
montra hostile à ses actes et résolut de s'opposer énergiquement à la nouvelle constitution.

Pour arriver à son but, il conçut un plan ayant
pour objet de soulever la Bretagne en faveur de

Washington.

la royauté. Il se rendit d'abord à Coblentz et se
présenta au comte d'Artois, frère du roi (plus tard
Charles X), mais n'ayant pu obtenir toute la
confiance à laquelle il s'attendait, il s'en retourna
en Bretagne. Ce premier échec au lieu de le dé-
courager, ne fit qu'augmenter son ardeur; il par-
courut le pays, organisa des comités, intéressa les
nobles à la cause du roi et retourna une seconde
fois à Coblentz pour exposer au comte de Provence
(plus tard Louis XVIII) et au comte d'Artois, les

5

succès déjà obtenus, et l'espérance qu'il avait de
pouvoir rendre à Louis XVI, avec la liberté, le
pouvoir royal qui lui échappait. Cette fois, de
La Rouërie fut écouté et reçut, le 2 mars 1791,
la mission d'agir suivant le plan proposé par lui
et accepté par les princes, de convoquer les fé-
dérés et de nommer les chefs des comités orga-
nisés; il fut en outre nommé, par eux, chef de la
conspiration contre le nouveau régime.

Lorsque de La Rouërie revint en Bretagne, il
fit part du résultat de son voyage aux royalistes
du pays, créa des comités dans les villes, organisa des directions en vue de mouvements militaires, et fit des conférences à son château. Ces
menées demeurèrent secrètes jusqu'au commencement de l'année 1792; au mois de mai de la même année, les administrateurs de Dol, de Saint-
Malo et de Rennes furent prévenus des rendez-
vous que divers personnages influents de la contrée
se donnaient au château de La Rouërie et le firent
entourer par 400 gardes nationaux. De La Rouërie, prévenu à temps par un de ses amis, M. de
La Lande, put s'échapper ainsi que tous ses affiliés
qui s'enfuirent par les souterrains du château com-
muniquant avec un bois voisin. Rien en conséquence ne fut découvert.

Cette première surprise ne ralentit en rien le
zèle de La Rouërie; les troubles de Paris, et les
événements de la journée du 20 juin 1792 le décidèrent au contraire à hâter la mise à exécution de
son projet. Les conjurés prirent alors pour lieu
de rendez-vous le château de La Fosse-Hingant,
où se trouvaient, à cette époque, les trois filles de

Louis XVI

M. Désilles, père du héros de Nancy, et Mademoiselle de Moëlieu, cousine de de La Rouërie.

Cette dernière, née à Rennes le 14 juillet 1759,
était fille du chevalier Vincent de Moëlieu et de
dame Marie de Tréanna; elle embrassa avec ardeur
la cause royaliste et seconda son ami et parent de
de La Rouërie dans l'élaboration de ses projets de restauration monarchique. La conspiration de La Rouërie, ne fut pas d'ailleurs la seule
entreprise de ce genre qui éclata en Bretagne
contre la Révolution. Une autre conspiration fut
découverte dans l'Ille-et-Vilaine; elle avait été
fomentée par les nommés Elliot et Malœuvre, qui
furent condamnés à mort et exécutés le 29 octobre 1792 à Rennes sur la place de l'Egalité.

Bien que le château de La Fosse-Hingant fût
devenu à son tour l'objet de la surveillance des
autorités républicaines, le chef de la conspiration avait pleine confiance dans la réussite de
son entreprise et persistait à vouloir la mettre à
exécution. Il fut convenu à une des réunions qui
eurent lieu au château de La Fosse-Hingant que
de La Rouërie se rendrait de nouveau près des
princes pour recevoir d'eux les ordres nécessaires en vue d'une action prochaine. — Mais Mlle de
Moëlieu, qui avait voix délibérative, s'opposa ensuite à ce départ qu'elle considérait comme impru-
dent de la part du chef de la conjuration, et il fut
décidé que le chevalier de Fontavieux et le docteur
Latouche-Cheftel le remplaceraient dans cette mission. De La Rouërie et son amie Mlle de Moëlieu
ne se doutaient guère en ce moment qu'ils allaient
être trahis par celui-là même en lequel ils avaient

mis toute leur confiance, le docteur Latouche-Cheftel, qui possédait les secrets de la conspiration royaliste.

En effet, dès son retour en France, Latouche-Cheftel, après avoir été mis au courant des nou-

veaux projets de l'association, se rendit à Paris, le 24 janvier 1793, s'installa rue des Fossés-Saint-Germain (actuellement rue de l'Ancienne-Comédie), se mit en relations journalières avec Danton et Camille Desmoulins, dont il adopta les opinions et les vues, se lia avec Mlle Fleury, qu'il voyait fréquemment à l'hôtel de la Fautrière, et communiqua les secrets de de La Rouërie au gouvernement républicain.

L'arrestation du chef de la conspiration fut dès lors décidée. Le ministre des affaires étrangères Lebrun chargea l'agent de police Laligant-Moril-

lon[1] de se rendre en Bretagne afin d'y arrêter toutes les personnes compromises dans cette affaire.
De La Rouërie se voyant ainsi traqué, demanda
un refuge à M. de la Motte de La Guyomarais qui
le lui accorda avec empressement; il partit sous
le nom de Gosselin pour se rendre au château de
son ami, situé dans la forêt de La Hunaudaye.

A peine de La Rouërie fût-il arrivé à La Guyomarais, qu'il tomba malade. Sur l'entrefaite, la nouvelle de la condamnation à mort et de l'exécution
de Louis XVI parvint à sa connaissance et déter-
mina chez lui une fièvre cérébrale dont il mourut,
le 30 janvier 1793. Ses restes furent ensevelis secrètement dans un bois voisin. « Cet homme, dit
Souvestre, avait creusé le sol avec ses ongles
pendant trois ans; il avait amassé de la poudre
grain par grain; il avait dérobé, à force de pa-
tience, une étincelle au soleil, et lorsqu'il ne restait plus qu'à mettre le feu à sa mine, il mourut
de la fièvre comme un enfant. »

Lorsque la nouvelle de cette mort prématurée
parvint aux oreilles de Latouche-Cheftel, ce dernier se présenta à La Fosse-Hingant, sous prétexte
de prendre des renseignements sur le décès de
son ancien ami, mais en réalité pour continuer
son œuvre de trahison. Il engagea M. Désilles,
père, dans l'intérêt de la cause royaliste, à demander le dépôt des papiers de de La Rouërie, es-
timant qu'ils seraient plus en sûreté à La Fosse-
Hingant que partout ailleurs. On céda à cette proposition et les papiers furent transportés de La
Guyomarais chez M. Désilles, renfermés ensuite

1. Un certain nombre d'auteurs ont écrit Lalligant-Morillon.

précieusement dans un vase, et enfin profondément enfoui dans un endroit reculé du parc.

Latouche-Cheftel, qui communiquait tout à Laligant-Morillon, lui fit connaître ce qui s'était passé tant à La Guyomarais qu'à La Fosse-Hingant. L'agent ministériel, sans perdre de temps, partit de Saint-Malo, accompagné du juge de paix de cette ville et d'un certain nombre de gendarmes commandés par un officier nommé Cadenne, se rendit d'abord à La Guyomarais où il fit exhumer le corps de de La Rouërie, et arrêta la famille de la Motte de La Guyomarais ainsi que le personnel domestique et le jardinier du château. Puis de là, il partit pour La Fosse-Hingant afin d'y opérer les arrestations qu'il jugerait opportunes. M. Désilles père, informé de ces événements, se crut perdu, et sur les instances de sa famille gagna son bateau amarré à Roteneuf et fit voile pour Jersey. Laligant-Morillon ne trouva à son arrivée au château que les trois filles de M. Désilles, Mesdames Desclos de La Fonchais, Dufresne-Virel, Fournier d'Allérac, M. Picot de Limoëlan, beau-frère de de La Rouërie, et Mlle de Moëlieu de Fougères.

Latouche-Cheftel, jouant son rôle jusqu'au bout, avait précédé l'agent de police à La Fosse-Hingant, avec l'intention, sûr d'ailleurs de l'impunité, de se faire arrêter lui-même. Le château de La Fosse-Hingant fut envahi quelques heures plus tard par Laligant-Morillon et la force armée qui l'accompagnait. Le jardin fut fouillé, les papiers de de La Rouërie, qui y avaient été enfouis, furent découverts et tout le personnel du château fut arrêté.

Toutefois, Mlle de Moëlieu eut la présence d'esprit de détruire préalablement la liste des conjurés, ce qui empêcha l'arrestation des affiliés.

Enfin Laligant-Morillon, ayant entre les mains la preuve de la conspiration tendant à renverser le gouvernement et à rétablir la monarchie, fit son rapport en conséquence. Les trois filles de M. Désilles consternées, signèrent, sur l'invitation de Latouche-Cheftel qui continuait son infâme comédie, un procès-verbal qui avait été rédigé de telle sorte que, sans s'en rendre compte, ces malheureuses tout en étant innocentes, se reconnaissaient ainsi elles-mêmes coupables d'avoir conspiré.

Quelqu'ait été le rôle de Latouche-Cheftel, le fait est que le complot monarchique conçu par de La Rouërie fut dévoilé à Danton qui, dans une proclamation adressée aux villes de l'ouest quelques jours après, s'exprimait ainsi qu'il suit :

« Encore une fois, citoyens, aux armes !... Que
« toute la France soit hérissée de piques, de baïon-
« nettes, de poignards ! Que tout soit soldat ! En-
« fonçons les rangs de ces vils esclaves de la ty-
« rannie ! Que le sang de tous les traîtres soit le
« premier holocauste offert à la liberté, afin qu'en
« avançant sur l'ennemi commun, nous n'en lais-
« sions derrière nous aucun qui nous puisse in-
« quiéter ! »

Parmi les 27 personnes arrêtées, tant à La Guyomarais qu'à la Fosse-Hingant, les plus marquantes étaient :

DE LA MOTTE-LAGUYOMARAIS (Joseph Gabriel Fran-

Danton.

çois), âgé de 50 ans, né à la Ville-Conte, paroisse de Tréjon, ci-devant évêché de Saint-Malo, cultivateur et ci-devant gentilhomme, demeurant à La Guyomarais, district de Lamballe ;

MICAULT (Marie Jeanne), épouse de Joseph-Gabriel-François de la Motte-Laguyomarais, âgée de 50 ans, née à Lamballe, demeurant avec son époux ;

DE LA MOTTE-LAGUYOMARAIS (Amaury), fils aîné, âgé de 20 ans, né à Lamballe, demeurant chez son père ;

DE LA MOTTE-LAGUYOMARAIS (Casimir), frère d'Amaury, âgé de 15 ans et demi, né à Lamballe, demeurant chez son père ;

PICOT DE LIMOËLAN (Julien Alain), âgé de 59 ans, né à Saint-Malo, demeurant à Limoëlan, paroisse de Lévignac, district de Brond (Côtes-du-Nord), propriétaire et ci-devant gentilhomme ;

DÉSILLES (Angélique Françoise), épouse de Jean-Roland Desclos de La Fonchais, ci-devant lieutenant de vaisseau, âgée de 24 ans, née à Saint-Malo, demeurant à La Fosse-Hingant, près Saint-Malo ;

DÉSILLES (Jeanne Julie Michelle), veuve de Henri Augustin Dufresne-Virel, ancien mousquetaire, âgée de 27 ans, née à Saint-Malo, demeurant à la Fosse-Hingant chez son père ;

DÉSILLES (Marie Thérèse), femme de Louis François René Fournier d'Allérac, ci-devant gentilhomme, demeurant à la Fosse-Hingant, âgée de 25 ans ;

DE MOËLIEU (Thérèse), né à Rennes en 1765, demeurant à Fougères.

Les prisonniers furent d'abord emmenés à Saint-Malo et enfermés au château de cette ville.

Vergniaud.

Le surlendemain ils furent conduits à Rennes où ils furent écroués à la tour Le Bas. Enfin ils furent dirigés quelques jours plus tard sur Paris, où, après un voyage des plus pénibles, ils furent livrés au tribunal révolutionnaire pour être jugés sous l'inculpation de complot contre la sûreté de l'État et contre le gouvernement existant.

Pendant que ces faits avaient lieu èn Bretagne, les événements suivants se passaient à Paris :

La commune s'était installée à l'Hôtel de Ville le 10 août 1792, aussitôt après la prise des Tuileries et était, en ce moment, la seule autorité qui existât réellement dans la capitale.

Sur la proposition de Vergniaud, la Convention succéda à l'Assemblée législative le 21 septembre 1792, et le cabinet fut alors constitué comme suit :

Danton, ministre de la Justice ; Lebrun, ministre des Affaires étrangères ; Monge, ministre de la Marine ; Servan, ministre de la Guerre ; Roland de la Plâtrière, ministre de l'Intérieur, et Clavières, ministre des Contributions et revenus publics.

La Convention formée de 749 membres dont 250 Girondins décréta le 15 août que la famille royale enfermée au Temple, servirait d'ôtage à la nation contre l'invasion étrangère ; elle vota le 17 la création d'un tribunal criminel extraordinaire chargé de connaître de l'acte du 10 août 1792.

Le 25 septembre suivant une proclamation de la commune répandit l'épouvante dans Paris ; les barrières furent fermées, le drapeau noir fut hissé sur l'Hôtel de Ville, et le peuple affolé, ne voyant partout que des suspects et des conspirateurs, massacra d'abord dans les rues les détenus que l'on conduisait en prison, et se rua ensuite dans les cachots où de nombreux prisonniers furent égorgés.

Enfin la Convention, sur la proposition de Robespierre et des députés de la Montagne, qui con-

La tour du Temple.

sidéraient les ennemis de l'intérieur comme tout aussi dangereux que ceux du dehors, décréta le 10 mars 1793, pour remplacer le tribunal criminel extraordinaire, la création d'un tribunal révolutionnaire, dont la mission serait de juger sans appel les conspirateurs et les contre-révolutionnaires.

Fouquier-Tinville (Antoine Quentin), né en 1747 au village d'Hérouelles près Saint-Quentin, après avoir exercé les fonctions de procureur au Châtelet, fut choisi par Robespierre pour faire partie du tribunal révolutionnaire, d'abord comme simple juré; il devint quelque temps après accusateur public devant ce tribunal et fut appelé à connaître des causes les plus émouvantes qui, comme celle de Marie-Antoinette et des Girondins, y furent jugées.

Les vingt-sept prévenus arrêtés et amenés à Paris à la suite du complot de La Rouërie comparurent au mois de juin 1793 devant le tribunal révolutionnaire qui avait été composé par décrets des 13 et 15 mars 1792, ainsi qu'il suit :

1 président; 5 juges; 5 juges suppléants; 1 accusateur public; 2 accusateurs publics adjoints; 12 jurés et 12 jurés adjoints.

CONDAMNATION ET EXÉCUTION
DE MADAME DE LA FONCHAIS (ANGÉLIQUE FRANÇOISE)
NÉE DÉSILLES, SŒUR DU HÉROS DE NANCY.

Angélique Françoise Désilles, sœur d'André Désilles, le héros de Nancy, était née à Saint-Malo le 16 mai 1769. Elle fut élevée au couvent

de Sainte-Anne où deux de ses tantes étaient re-
ligieuses et où elle reçut une éducation parfaite.
Elle rentra dans sa famille à l'âge de 17 ans.

Mlle Angélique Désilles était alors une belle

Robespierre.

jeune fille aux cheveux blonds et aux yeux bleus
encadrés de sourcils châtains, à la taille élancée
et au teint vermeil. Elle était remarquée autant
par ses qualités que par sa beauté et fut demandée
en mariage par M. Jean Roland Desclos, chevalier de {La Fonchais, officier de marine.

Lorsque la Révolution de 1789 éclata, M. de

La Fonchais, émigra et se rendit en Angleterre. Pendant l'absence de son mari, Mme de La Fonchais vint habiter au château de la Fosse-Hingant, près de son père.

Ainsi qu'il a été dit précédemment Mme de La Fonchais fut arrêtée, en même temps que ses sœurs et que Mlle de Moëlieu de Fougères par l'agent de police Laligant-Morillon, à la suite de la perquisition faite au château de son père.

Parmi les papiers trouvés dans le jardin de La Fosse-Hingant on remarqua notamment :

Un *édit* du 14 juin 1792, signé Louis Stanislas Xavier et Charles Philippe donnant commission au marquis de La Rouërie d'entretenir dans des sentiments contre-révolutionnaires les habitants de la province de Bretagne;

Une *commission* à La Rouërie, pour commander aux militaires dans la province de Bretagne et y former une association utile au service du roi : la dite pièce datée de Coblentz, le 2 mars 1792, signée Louis Stanislas Xavier et Charles Philippe ;

Un *état* des fournitures de fusils, canons, poudres, habillements et autres munitions de guerre montant à la somme de 51 085 livres, 10 sols;

Une *lettre* à l'adresse du sieur Duperra à Senlis, en date du 28 mai, indiquant un mouvement contre-révolutionnaire;

Une *lettre* de Louis Stanislas Xavier, frère du roi, à M. de Calonne, portant approbation du plan d'association présenté par de La Rouërie au comte d'Artois;

Une *lettre* paraissant adressée à de La Rouërie,

signée de Calonne, datée du 11 août 1792, et annonçant l'envoi d'une pièce présumée être la déclaration des ci-devant princes, de commissions
signées et d'une somme de 10 200 livres ;

Des *écrits* paraissant être un projet d'adresse
contre-révolutionnaire aux Bretons ;

La *déclaration* des princes à la France et à
l'Europe entière, datée de Trèves, le 8 août
1792 ;

Un écrit daté du 5 juin 1791, signé Charles-
Philippe comte d'Artois, et une déclaration de ce
prince aux citoyens de la province de Bretagne,
pour les entretenir dans des sentiments contre-révolutionnaires ;

Une *lettre* écrite par M. de Calonne à de La Rouërie datée de Coblentz, le 2 mars 1792, qui désap-
prouve l'émigration et engage ceux qui seraient
dans l'intention d'émigrer à rester pour servir la
coalition contre-révolutionnaire ;

Une *lettre* datée de Schonborn-Lust, le 4 octobre
1791, présumée adressée à de La Rouërie, approba-
tive des mesures contre-révolutionnaires prises
par ce dernier et qui le charge d'indiquer les en-
droits les plus sûrs pour opérer des débarque-
ments de troupes ;

Trente-neuf *commissions* en blanc, datées de Coblentz le .... juin 1792, signées Louis-Stanislas-
Xavier et Charles-Philippe, contresignées Cour-
voisié et scellées du cachet de Monsieur, paraissant destinées à être délivrées aux individus
choisis par de La Rouërie pour commander l'armée
contre-révolutionnaire dont il était le chef ;

Une *note* signée le chevalier de Fontevieux de frais de voyage montant à 2 700 livres[1].

La conspiration ne pouvait donc être mise en doute. Les accusés comparurent pour la première fois devant le tribunal révolutionnaire le 4 juin 1793, mais l'audience fut remise au 12 du même mois afin de permettre l'examen de cent quarante pièces nouvelles qui avaient été transmises à ce tribunal. Au nombre de ces documents se trouvait une liste de personnes qui avaient fourni de l'argent à l'association.

Une dame de La Fonchais y était inscrite comme ayant versé 1 200 livres et fut considérée pour ce fait comme ayant pris une part très active à la conspiration. Or, la personne qui avait versé cette somme était la belle-sœur de Mme de La Fonchais née Désilles, laquelle belle-sœur n'avait pas été arrêtée. En conséquence, la femme du lieutenant de vaisseau de La Fonchais, arrêtée au château de La Fosse-Hingant, était innocente de ce qui lui était reproché et de toute participation directe à cette affaire. Malgré le conseil qui lui fut donné de faire connaître au tribunal la méprise dont elle était l'objet, elle ne voulut pas compromettre sa belle-sœur et préféra mourir plutôt que de commettre un acte qui aurait pu entraîner l'arrestation de sa parente.

Fouquier-Tinville, accusateur public, lut à la séance du 12 juin 1793 une proclamation par laquelle de La Rouërie invitait les Bretons à se coaliser dans le but de combattre au dedans les factieux, pendant que les troupes étrangères leur

1. Archives Nationales. — Carton IV. 373, dossier 59.

livreraient bataille au dehors, de rétablir la royauté et de relever l'Église catholique... D'autre part, d'après les révélations faites par un ancien domestique, au tribunal révolutionnaire, le chef de l'association se faisait appeler « général », avait l'intention d'incendier les propriétés des démocrates et avait un jour distribué des armes aux affiliés, lors d'un rassemblement à son château. Enfin l'accusateur public donna lecture de la lettre suivante écrite par Mme de La Guyomarais à sa fille :

« Ce serait avec un grand plaisir que j'emploierais « des moments à m'entretenir avec vous, si ma tête « me permettait une longue application ; mais forcée « depuis quelques semaines de répondre à plusieurs « lettres, je suis souvent fatiguée et compte assez sur « votre amitié pour me pardonner mon silence. D'ail- « leurs, plus nos maux augmentent, moins j'aime à « m'en occuper. Je voudrais ne les point apprendre et « tout en retentit. L'arrestation que vous me peignez « de ce vieil ecclésiastique, respectable aux yeux « mêmes des libertins, flétrit mon âme et me rend « odieux tout ce qui porte le nom de nation. Le ren- « voi de nos respectables pasteurs et leur remplace- « ment par des apostats méprisables ajoute à ma dou- « leur ; et la crainte des dangers dont la propagande « jacobine nous menace ne me fait pas plus d'impres- « sion que l'abandon du catholicisme ne m'ins pire de « regret. — Je crois que c'est dire beaucoup, puisque « le « Ça ira » écrit sur des tables de sang doit, dit-on, « sous peu de temps être la musique qu'on nous pré- « pare, surtout à ceux qu'on suppose émigrants. »

Cette affaire occupa dix séances du tribunal révolutionnaire. Le verdict fut prononcé le 17 juin 1793. Sur les 27 personnes impliquées dans le procès et arrêtées comme prévenues de conspiration : 12 furent condamnées à mort ; 2 à la déportation, et 13 furent acquittées.

Les douze condamnés à mort étaient :

M. de La Motte de La Guyomarais ; Mme de La Motte de La Guyomarais ; MM. Thiébault La Chauvenais, précepteur ; Picot de Limoëlan (Michel Julien Alain) ; de Launay (Guillaume Marin) ; de Fontevieux ; Locquet de Granville (Félix Victor) ; de Pontavice (Louis) ; Vincent (Georges Julien) ; Groult de La Motte (Nicolas Bernard) ; Mme de La Fonchais, née Désilles, et Mlle de Moëlieu (Thérèse).

Perrin, le jardinier de la Fosse-Hingant, et le chirurgien Lemasson furent condamnés à la déportation. Ils furent détenus à Bicêtre et furent plus tard conduits à l'échafaud comme ayant été reconnus coupables dans la conspiration dite « conspiration des prisons ».

Les 13 autres prévenus, au nombre desquels étaient Mmes Dufresne de Virel et d'Allérac, sœurs de Mme de La Fonchais furent mis en liberté, et les 12 condamnés à mort furent réintégrés dans leurs cachots jusqu'à l'heure de l'exécution qui devait être immédiate.

Afin de retarder le moment suprême, on engagea Mme de La Fonchais, qui avait la sympathie générale, à déclarer qu'elle allait être mère. Mais cette femme vertueuse repoussa avec énergie une proposition qu'elle considérait comme odieuse et ne voulut pas, même pour sauver sa tête, commettre un mensonge.

Dans sa pièce intitulée *Thermidor,* jouée pour

la première fois à la Comédie-Française le 24 janvier 1891, puis interdite le 29 du même mois, mais applaudie à Bruxelles, M. Victorien Sardou a su mettre à profit avec son talent habituel la mort si héroïque de Mme de La Fonchais. Admirant sans doute la noble conduite de cette femme qui aima mieux mourir que de souiller par une fausse déclaration l'honneur de son mari absent, le sympathique académicien fait jouer au principal personnage de sa pièce un rôle à peu près semblable.

Fabienne Lecoulteux, au lieu d'être une épouse, vivant loin de son mari émigré, est une femme de condition aussi, qui, croyant son fiancé mort, se fait religieuse, est condamnée à mort ainsi que ses compagnes et refuse, pour ne pas ternir l'honneur de son couvent, de signer l'acte qui lui est présenté et qui peut au moyen d'une fausse déclaration lui faire obtenir un sursis et la délivrer du supplice qui l'attend.

La conduite de Mme de La Fonchais, innocente de toute conspiration, se sacrifiant pour sauver une de ses parentes et aussi pour conserver intact l'honneur du nom de son mari, ne pouvait passer inaperçue dans l'histoire de son temps. C'est pourquoi, après avoir rapporté le trait d'héroïsme qu'illustra la mémoire du lieutenant Désilles, on a voulu raconter l'acte de dévouement de sa sœur dont le nom mérite aussi de passer à la postérité.

L'exécution des condamnés eut lieu le lendemain de la condamnation, le 18 juin 1793.

Aussitôt après sa condamnation et sa rentrée

dans sa prison, Mme de La Fonchais écrivit deux
lettres, l'une à sa belle-sœur et homonyme, en
lui recommandant ses deux fils, l'autre à ses deux
sœurs; cette dernière était ainsi conçue :

18 juin 1793,

« Séchez vos pleurs, mes bonnes amies; du moins,
« répandez les sans amertume; tous mes maux vont
« finir. Je suis plus heureuse que vous; je vous sup-
« plie de reprendre la tranquillité; c'est de vous que
« je suis occupée, et c'est sur vous que se tournent
« mes regrets. Mais, chères amies, je ne veux pas
« m'occuper de vous, cette idée m'affaiblirait et je veux
« conserver toutes mes forces.

« Je viens d'écrire à ma belle-sœur pour lui recom-
« mander mes enfants; c'est un poids dont vous ne
« pouvez vous charger à présent, mais je vous les re-
« commande cependant. Veillez-y je vous en prie;
« que leur éducation soit votre ouvrage; c'est à vous
« à la diriger; elle ne peut être en meilleures mains
« que les vôtres : c'est vous qui allez être les mères
« de ces pauvres petits enfants. Que ces titres si pré-
« cieux vous aident à supporter la vie. Songez com-
« bien vous allez être utiles à ce qui vous reste de pa-
« rents et d'amis. Que cette idée vous soutienne ! Au
« nom de tout ce qui nous est cher, mes chères petites
« sœurs, ne vous laissez pas accabler dans le moment
« où vous avez le plus besoin de courage. Je crois qu'il
« serait à propos que ma belle-sœur envoyât de suite
« chercher mes enfants; vous vous concerterez en-
« semble pour ce qui les regardera !

« Je vous quitte, mes amies; recevez l'adieu le plus
« tendre et le plus affectueux. Nous sommes encore
« dans le même endroit. J'ai l'âme déchirée en pen-
« sant à vous. Je fais mille tendres amitiés à mes

« pauvres cousines et à tout ce qui m'est cher.
« Vous savez l'expression de mon âme, soyez-en
« l'interprète.

« Reprenez du courage, modérez votre douleur, vous
« en avez besoin; modérez votre douleur, je vous le
« demande en grâce. Je vous embrasse de tout mon
« cœur, adieu... »

Quelques instants après que Mme de La Fonchais eût écrit cette lettre, elle s'entendit appeler
pour se rendre au lieu du supplice.

Fouquier-Tinville avait pris en vue de cette
exécution sensationnelle des précautions extraor-
dinaires. A l'ordre de réquisition de la force pu-
blique pour le 18 juin à 2 heures, il ajouta de sa
main les mots suivants:

« Attendu le grand nombre des condamnés,
j'invite le citoyen commandant à donner des ordres
pour qu'il y ait le plus de cavaliers possible et une
force armée imposante, d'autant mieux que ce
sont des Cy-devant et de grands conspirateurs
qui ont une suite. »

Les douze condamnés marchèrent à la mort
avec le plus grand courage; ils s'embrassèrent
et refusèrent l'assistance des prêtres constitu-
tionnels.

Angélique Désilles monta sur l'échafaud en
femme romaine, conservant le secret de son in-
nocence; elle mourut comme son frère André,
victime de son dévouement fraternel. Un témoin
oculaire de cette exécution, l'agent de police Du-
tard, l'a racontée dans une lettre qu'il adressa à
Garat, ministre de l'intérieur, dans les termes suivants:

« Vers trois heures arriva le fatal cortège. J'étais
« monté sur une charrette à cinq sous la place; j'ai
« cru voir devant moi tous les habitants de Paris. Je
« regarde et je vois douze malheureux, des familles
« entières dont tous les membres m'ont paru en géné-
« ral bien nés. J'y ai remarqué surtout une mère de
« famille de l'âge de cinquante à soixante ans (c'était
« Mme de la Guyomarais), dont les traits de la figure
« encore bien marqués, annonçaient une femme qui
« avait eu des mœurs et une bonne éducation. Une
« demoiselle ayant à peu près vingt-cinq ans (c'était
« Mlle de Moëlieu), qui par sa beauté et son maintien
« m'a paru être du nombre de celles qui faisaient ja-
« dis les charmes de la société; enfin une autre de-
« moiselle qui paraissait n'avoir guère plus de vingt
« ans (c'était Mme de La Fonchais).

« Il m'a semblé voir là une de ces mères respec-
« tables qui réglaient les mœurs, et qui dans une
« aimable vieillesse nous rappelaient les époques les
« plus saillantes du temps passé.

« Je me demande à moi-même comment après un
« spectacle aussi déchirant, j'ai pu consentir à voir le
« reste. Eh bien! j'ai tout vu et je dois vous en rendre
« compte, puisque c'est là ma tâche.

« J'ai donc vu arriver la gendarmerie, l'œil morne
« et silencieux; à leur air seulement, j'aurais jugé que
« c'est là une élite d'hommes. Le peuple ne disait rien;
« on regardait attentivement les attitudes et tous les
« gestes des malheureux. On les a fait descendre, et
« bientôt on en a fait monter un (sur l'échafaud), qui
« s'est tourné pour saluer le peuple; trois ou quatre
« hommes ont précédé les femmes; en dix minutes
« tout a été fini.

« Parmi les hommes il y en avait quelques-uns qui
« riaient, et les autres ainsi que les femmes parais-
« saient tranquilles, à peu près comme des hommes

« qui sont résignés à un malheur inévitable qui les
« attend. Il est remarquable que l'homme se fait une
« habitude de tout, et que l'échafaud effraie rarement
« celui qui a éprouvé les horreurs d'une prison. Quant
« aux rapports qu'il pouvait y avoir avec les exécutés
« et les spectateurs, j'ai cru voir beaucoup d'indiffé-
« rence ; car il faut bien distinguer ce qui n'a pour
« base que la simple curiosité d'un spectacle aussi
« frappant, d'avec ce qui tient directement au cœur.
« Du côté du cœur, il y avait amplement les deux
« tiers des spectateurs qui leur auraient fait grâce,
« surtout aux femmes.

« En se retirant, les gens comme il faut péroraient
« fortement, longuement, sur cet événement : « Epar-
« gnez-nous le reste », disait l'un, et celui-là même
« n'arrachait la parole à son voisin que pour la re-
« prendre lui-même. »

GLORIEUX ÉPISODES

DE LA CONQUÊTE DE L'ALGÉRIE

GLORIEUX ÉPISODES
DE LA CONQUÊTE DE L'ALGÉRIE

L'organisation de la Régence d'Alger était en
1827 à peu près la même que celle qui avait été
instituée au commencement du quatorzième siècle
par le célèbre pirate Khérédine Barberousse qui
tint sous la domination turque toute l'Afrique du
Nord. Le chef de la milice turque qui était composée d'environ quinze mille janissaires avait le
titre de dey et résidait à Alger. La Régence était
divisée en trois commandements, Oran, Médéah,
et Constantine, sous l'autorité du dey d'Alger.

Dans le courant de l'année 1827 des difficultés
s'élevèrent entre le gouvernement français et celui
de la Régence d'Alger au sujet de la pêche du
corail et des fortifications exécutées dans le port
français de La Calle, situé sur la côte d'Afrique. Les
relations entre les deux pays étaient, d'autre part,
tendues depuis un certain temps à propos du règle-
ment de fournitures de blé faites à la France
pendant les guerres de la République (1793-1794)
par un riche habitant d'Alger nommé Backri.
L'Angleterre, dont on constate l'influence dans

toutes les questions extérieures qui nous inté-
ressent, s'efforça d'envenimer le conflit.

Dans le but d'arriver à une entente, M. Deval,
consul de France à Alger, eut le 30 avril 1827,
avec Hussein, alors dey d'Alger, une entrevue au

Le dey d'Alger frappa le consul de France d'un coup
d'éventail.

cours de laquelle ce dernier, oubliant toute réserve,
osa frapper de son éventail le représentant de la
France et lui intima l'ordre de sortir de la Casbah (palais des deys d'Alger).

Une insulte aussi grave ne pouvait rester im-
punie. Hussein refusa toute réparation pour
l'offense commise et le personnel de l'ambassade
française se retira en Sardaigne. La rupture
entre les deux États fut officiellement déclarée le
25 juin 1827, et une escadre sous les ordres du

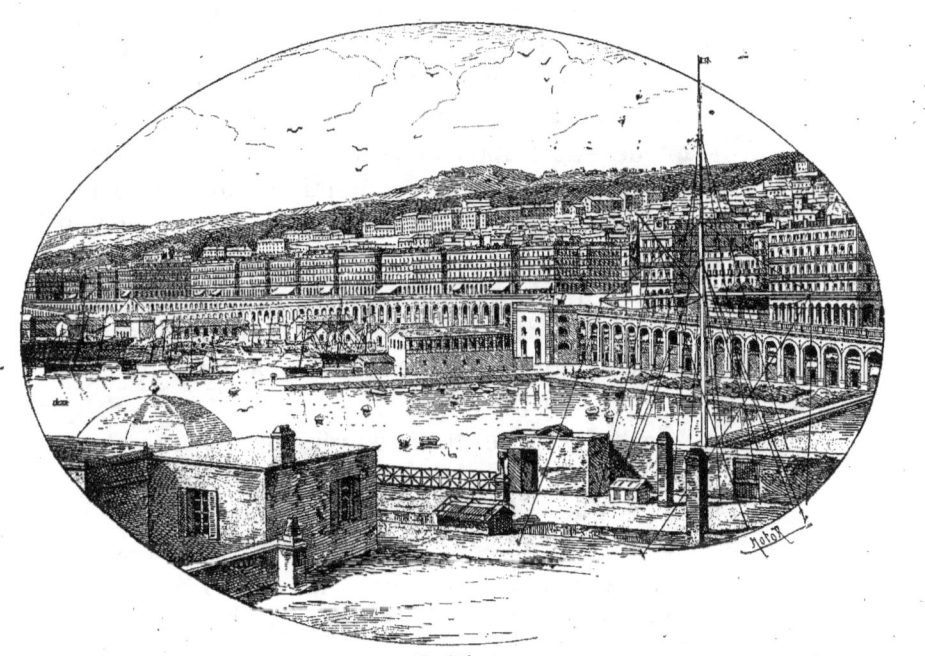
Vue d'Alger.

capitaine de vaisseau Collet mit le blocus devant
Alger en vue d'obtenir une réparation. Ce blocus
dura deux ans et demi sans qu'aucune satisfaction eût été donnée par Hussein-Dey.

Le 30 juillet 1829, sur le vaisseau *La Provence*,
le *contre-amiral de la Bretonnière* arriva à Alger
pour faire connaître au dey la satisfaction que la
France exigeait. Hussein-Dey répondit à la demande de l'envoyé de notre pays par un refus
formel, le 2 août suivant, et tout arrangement
étant devenu impossible, *La Provence* appareilla
le 3 à une heure de l'après-midi pour retourner
en France. Au moment où ce vaisseau sortait
de la baie d'Alger, l'artillerie d'une batterie voisine
tira sur lui, à un signal parti de la Casbah; toutes
les batteries du fort en firent autant et ne cessèrent le feu que lorsque *La Provence* fut hors de
portée de leurs coups.

A la suite de ces divers événements, une expédition contre l'Algérie fut décidée en conseil des
ministres le 31 janvier 1830, et le plan en fut établi
par une commission présidée par le lieutenant-
général *comte de Loverdo*. Il fut arrêté que le débarquement des troupes se ferait à Sidi-Ferruch et
qu'on se dirigerait de là sur le fort l'Empereur[1],
qui était la principale défense d'Alger.

Le corps expéditionnaire fut composé ainsi
qu'il suit:

1. Le fort l'Empereur fut construit dans le quinzième siècle à l'endroit même où Charles-Quint avait établi sa tente lors de l'expédition
de 1541. Il reçut le nom de fort du Sultan par les Arabes. Les
Européens l'appelèrent fort l'Empereur, en raison de la circonstance
qu'il rappelait.

Infanterie	30 906	hommes
Cavalerie	534	—
Artillerie de terre .	2 368	—
Génie	1 341	—
Administration, etc.	2 428	—

Le général Clausel.

Le lieutenant-général comte de Bourmont fut nommé commandant en chef de cette armée, ayant sous ses ordres les lieutenants-généraux :

Desprez, chef d'Etat-Major général ;

Baron Berthezène, commandant la 1re division d'infanterie ;

Comte de Loverdo, commandant la 2ᵉ division d'infanterie;

Duc d'Escars, commandant la 3ᵉ division d'infanterie;

Le maréchal de camp vicomte de la Hitte, commandant l'artillerie;

Le maréchal de camp baron Valazé, commandant le génie, et l'intendant général baron Dennié, directeur des services administratifs.

Le commandement de la flotte qui devait emmener le corps expéditionnaire fut confié à l'amiral Duperré.

L'embarquement eut lieu au mois de mai 1830 et le vaisseau *La Provence* à bord duquel était le général de Bourmont fit voile vers l'Afrique le 25 mai. Après quelques jours de retard occasionné par le mauvais temps survenu pendant la traversée, la flotte française vint prendre position devant Sidi-Ferruch le 13 juin 1830. Dès le lendemain, le débarquement des troupes commença; la presqu'île fut occupée le même jour 14, et les troupes turques furent battues à Staouëli, le 24 à Sidi-Khalef et le 29 à Bouzaréah.

L'armée française victorieuse arriva le 30 juin en face du fort l'Empereur qui fut enlevé le 4 juillet et entra triomphante dans Alger le lendemain.

La Casbah ainsi que les autres forts furent remis au général de Bourmont. Les Turcs étaient à jamais battus, mais il restait les Arabes, musulmans fanatiques qui disputèrent le sol africain aux vainqueurs.

Lorsque la révolution de 1830 survint, le général comte de Bourmont fut remplacé par le général

comte Clausel comme commandant de l'armée
d'Afrique, poste que celui-ci conserva jusqu'en octobre 1830. Le général Clausel prit Médéah et Bli-
dah, posa les premières bases de la colonisation
et eut pour successeur le général Berthezène qui

Bugeaud.

fut désigné le 25 février 1831 pour prendre le commandement de la « division d'occupation », nouvelle dénomination donnée à l'armée d'Afrique. La
même année (23 décembre 1831), le général Sa-
vary, duc de Rovigo remplaça le général Berthezène. Mais ce nouveau commandant tomba malade, fut obligé de revenir en France et le com-

mandement en chef des troupes échut au général
Voirol, le 26 avril 1833.

Le gouvernement français institua par une ordonnance royale du 22 juillet 1834 le gouvernement général de nos possessions dans le nord de
l'Afrique, en raison de l'importance qu'elles pre-
naient chaque jour. Cette ordonnance concentrait
entre les mains d'un gouverneur général, sous
les ordres et la direction du ministre de la Guerre,
tous les pouvoirs, civils et militaires. Au-dessous
de cette haute autorité, venait un conseil d'admi-
nistration composé d'un officier général commandant les troupes, d'un intendant civil, d'un officier
général commandant la marine, d'un procureur
général, d'un intendant militaire et d'un directeur
des finances.

Le général comte Drouet d'Erlon fut nommé
gouverneur général de l'Algérie ; il occupa ce
poste pendant peu de temps et eut pour successeur le 8 juillet 1835 le maréchal comte Clausel,
qui malgré ses soixante-trois ans avait encore
toute l'ardeur d'un jeune sous-lieutenant, lorsqu'il
revint ainsi pour la seconde fois en Afrique.

Après la malheureuse expédition de Constantine, le général de Damrémont fut chargé du gouvernement général de l'Afrique ; il fut tué par un
boulet en donnant le signal de l'attaque de Constantine (décembre 1836), et fut remplacé par le général Valée, qui avait largement contribué à la
prise de cette ville.

Enfin, le général Bugeaud de la Piconnerie fut
choisi par le ministère du 1er mars 1840 pour occuper le poste de gouverneur général des posses-

Prise de la smala d'Abd-el-Kader.
(D'après le tableau d'Horace Vernet, au Musée de Versailles.)

sions françaises en Afrique. Il soumit le territoire
arabe depuis la frontière de Tunis jusqu'à celle
du Maroc; et la Kabylie, depuis l'Isser jusqu'aux
mêmes limites. Nos troupes, sous les ordres du
duc d'Aumale, s'emparèrent le 16 mai 1843 de la
smala d'Abd-el-Kader, qui se réfugia au Maroc,
près de l'empereur Abd-er-Rahman dont il demanda l'appui.

Celui-ci, secrètement encouragé par les Anglais,
consentit à marcher avec lui contre l'armée française. Le général Bugeaud, nommé maréchal en
1843 battit avec moins de 7 000 hommes les troupes
marocaines au nombre de 30 000 combattants,
commandées par le fils de l'empereur du Maroc, et
remporta sur elles le 14 août 1844 la victoire de
l'Isly, à la suite de laquelle le maréchal Bugeaud
reçut le titre de duc d'Isly.

L'armée française se composait, à cette bataille:
des 6e, 8e, 9e et 10e bataillons de chasseurs; des
3e, 6e, 13e et 15e régiments d'infanterie légère; des
33e, 41e, 48e, 53e et 58e régiments de ligne; de
trois régiments de chasseurs d'Afrique; d'un régiment de hussards; d'un bataillon de zouaves et
d'un détachement de spahis indigènes, au total 4 800
soldats d'infanterie, 1 400 cavaliers réguliers, et
400 cavaliers irréguliers. Elle possédait en outre
16 bouches à feu.

Le 12 août 1844, l'armée marocaine s'était avan-
cée jusqu'à Oujola; le 13, le maréchal Bugeaud
marcha sur Oïyda et disposa ses troupes de la
manière suivante:

Une avant-garde de 4 bataillons (général La
Moricière); une colonne de droite (général Be-

deau); une colonne de gauche (général Pélissier);
une arrière-garde (colonel Gachot).

L'armée française traversa l'Isly le même jour
et la bataille fut livrée le lendemain.

L'ennemi laissa sur le tèrrain 800 hommes, 11

L'armée française traversa l'Isly et la bataille fut livrée
le lendemain.

canons, 16 drapeaux, 1 200 tentes et le parasol du
fils de l'empereur.

Les Français n'eurent que 27 hommes tués et
96 blessés.

Le maréchal Bugeaud occupa les hautes fonctions de gouverneur général jusqu'au 11 septembre 1847, époque à laquelle il fut remplacé
par le duc d'Aumale.

Ce fut sous le gouvernement du maréchal Bu-

geaud que se passèrent les événements tristes, il
est vrai, mais néanmoins glorieux pour la France,
dont l'histoire est racontée ci-après.

GLORIEUSE EXPÉDITION

DE LA COLONNE DU LIEUTENANT-COLONEL DE MONTAGNAC

CONTRE

L'ÉMIR ABD-EL-KADER; COMBAT DE SIDI-BRAHIM

(du 21 au 26 septembre 1845).

Pendant le mois de septembre 1833, les divers
chefs arabes se réunirent dans la plaine d'Eghris
pour procéder à l'élection d'un sultan. Abd-el-Kader, fils du marabout Sidi-Mahi-Eddin, fut pro-
clamé « Emir-el-Moumenin », c'est-à-dire prince
des Croyants.

Lorsque l'étendard turc plia devant le drapeau
français, et que l'orgueil et la puissance du dey
d'Alger s'évanouirent, le vieux marabout Sidi-
Mahi-Eddin, résolut de secouer le nouveau joug
et prêcha la guerre sainte au nom de Mahomet.

La lutte commencée entre les Français et les
Arabes en 1833 continua jusqu'en 1844. Les vic-
toires remportées par les Français s'étaient suc-
cédées à Habra, à La Sikka, à Mazagran, à Mou-
zaïa et enfin à la Macta.

Le traité de paix de la Tafna fit un instant espérer
la fin de la guerre, mais il n'en fut rien. Le fana-
tisme des Arabes cachait plus que jamais leur
haine pour la France et n'ayant pu vaincre par la
force, ils employèrent la ruse.

La tribu des Oulid-Rhials ayant formellement refusé de se soumettre, fut poursuivie par nos troupes jusque dans les grottes réputées inaccessibles du Dahara, et fut complètement anéantie par les troupes du colonel Pélissier, qui les délogea

Abd-el-Kader.

de leur repaire en faisant allumer des feux à l'entrée des grottes. Ce fait répandit l'exaspération dans toute la contrée; l'émir Abd-el-Kader jura de venger les vaincus et releva l'étendard de la révolte.

Ces derniers événements se passaient au commencement de septembre 1845, au moment du Ra-

daman, c'est-à-dire, à une époque de l'année où
les Musulmans se recueillent, et s'inspirent plus
particulièrement de sentiments d'obéissance à la
loi du prophète.

Le maréchal Bugeaud, gouverneur des possessions françaises en Afrique, était parti en congé
pour la France et avait laissé le commandement
des troupes et la direction des affaires au général
de Bourjolly, à Oran. Dès que ce dernier apprit
l'insurrection des Arabes, il prit des mesures en
conséquence et expédia une colonne de troupes
françaises qui triompha des tribus rebelles Beni-
Ferrit et Beni-Manassers.

Sur ces entrefaites, les chefs soumis des tribus
M'seroda et Souhalia prévinrent le commandant
français à Djemma-el-Ghazaouat (aujourd'hui Nemours) qu'Abd-el-Kader, qui s'était réfugié au
Maroc, venait de traverser la frontière à la tête
des troupes régulières pour punir les tribus qui
s'étaient soumises à la France, et lui demandèrent en même temps aide et protection contre
lui.

Le lieutenant-colonel de Montagnac du 15e léger[1],
intrépide et vaillant officier qui commandait cette
place forte de six cents hommes, s'indigna de la
conduite de l'émir et des Arabes disposés à verser
le sang de leurs frères, et résolut de les châtier,

1. Il y avait à cette époque, 25 régiments d'infanterie légère. M. de
Montagnac était lieutenant-colonel du 15e dont le colonel était alors
M. Chadeysson; une partie de ce régiment était en 1845 à Alais sous
les ordres du colonel et l'autre en Afrique avec le lieutenant-colonel
de Montagnac (François-Joseph-Lucien), fils d'un manufacturier de
Sedan, né à Pouru-au-Bois (Ardennes) le 27 mai 1803, sorti de St-Cyr
en 1821. Capitaine le 28 janvier 1836. Commandant le 18 juillet 1841.
Lieutenant-colonel le 10 mars 1844.

Défense de Mazagran.

sans se douter que le chef des Souhalia, nommé Trahari, était lui-même traître à la France, et n'avait d'autre but en agissant ainsi, que de faire sortir la garnison de Djemma-el-Ghazaouat et de la conduire dans une embuscade vers un ennemi trente fois plus nombreux.

Le lieutenant-colonel de Montagnac remit le commandement de la place au capitaine du génie Coffyn, sous les ordres duquel il ne laissa que les hommes strictement nécessaires à sa défense et se mit en route le 21 septembre 1845, vers 10 heures du soir, à la tête d'une colonne de 424 hommes dont 13 officiers, composée ainsi qu'il suit :

1 officier supérieur du 15ᵉ régiment d'infanterie légère, le lieutenant-colonel de Montagnac ;

346 hommes du 8ᵉ bataillon de chasseurs à pied, commandés par 8 officiers, savoir :

Le chef de bataillon Froment-Coste ; Dutertre capitaine adjudant-major ; les capitaines de Chargère (6ᵉ compagnie); Burgard (2ᵉ compagnie); de Géreaux (carabiniers); les lieutenants de Chappedelaine (carabiniers); de Raymond-Labordes (7ᵉ compagnie); le sous-lieutenant Larrazet (3ᵉ compagnie);

1 médecin, le docteur Rozagutti, médecin aide-major;

63 hommes du 2ᵉ hussards (2ᵉ escadron), dont 6 muletiers, commandés par le chef d'escadron Courby de Cognord, ayant sous ses ordres le capitaine Gentil Saint-Alphonse et le lieutenant Klein;

1 homme du 15ᵉ léger, ordonnance du colonel de Montagnac;

1 interprète, M. Lévy, soit un total de 424 hommes.

Vers 2 heures du matin, cette vaillante troupe, qui avait emporté six jours de vivres et 60 cartouches par homme, se dirigea vers l'Ouest, dans la direction de l'Oued-Taouli; elle rencontra d'abord en route quelques cavaliers arabes qui portaient à la main le rameau vert, signe convenu de la soumission et de la paix, et disaient venir de la part des tribus voisines, faire acte de leur soumission.

Après avoir marché toute la nuit du 21 au 22 septembre 1845, la colonne, pleine de l'ardeur que lui donnait l'assurance ou tout au moins l'espérance d'une victoire, et peut-être aussi de la prise d'Abd-el-Kader lui-même, campa le 22 septembre au matin sur l'Oued-Taouli, près de Sidi-Brahim. Elle resta à ce bivouac jusqu'à onze heures du soir.

Là, le lieutenant-colonel de Montagnac fut prévenu par des émissaires que la tribu au secours de laquelle il se rendait, était plus que jamais menacée par l'émir. Le commandant de la colonne reçut d'un autre côté avis, du capitaine Coffyn, que le colonel de Barral, qui opérait à Lalla-Maghrnia contre des forces arabes, demandait 300 hommes du 8ᵉ bataillon de chasseurs pour seconder le général Cavaignac contre la tribu révoltée des Traras.

Le lieutenant-colonel de Montagnac qui avait à tenir en respect le chef le plus puissant de la révolte, Abd-el-Kader en personne, répondit à cet appel par la lettre suivante:

« Mon cher Capitaine, je ne puis donner les hommes
« du bataillon de M. Froment-Coste. Nous sommes
« entourés de goums considérables, composés de gens
« du Maroc; nous avons eu quelques coups de fusil
« avec eux. Abd-el-Kader arrive ce soir à Sidi-Bou-
« Djenara; je ne puis rejoindre Djemma-el-Ghazouat,
« sans exposer les Souhalia à une déroute complète.

« Je vais me tenir sur la ligne où je suis établi. En-
« voyez-moi des vivres pour deux jours, de toute na-
« ture, par les Souhalia, au bivouac de Taouli.

« Faites toujours de même, tenez-moi au courant de
« tout.

« Il faut 8 mulets pour les vivres.

« Tout à vous.

« L. DE MONTAGNAC. »

La terrible lutte à laquelle nous allons faire
assister le lecteur, se divise en quatre phases :

1° Premier combat du 23 septembre, mort du
lieutenant-colonel de Montagnac ;

2° Combat du 23 septembre, mort du commandant Froment-Coste;

3° Combat de Sidi-Brahim, du 23 au 25 septembre.

4° Sortie du marabout. — Traversée des lignes
ennemies. Mort du capitaine de Géreaux, 26 septembre 1845.

PREMIER COMBAT DU 23 SEPTEMBRE 1845

MORT DU LIEUTENANT-COLONEL DE MONTAGNAC

Le même jour, 22 septembre 1845, la colonne
française se remit en route à onze heures du
soir, pour marcher dans la direction de Karhor

Le colonel de Montagnac se mit à la tête d'un des deux pelotons.

et campa sur l'Oued-Tanana. Des coups de fusil
tirés à peu de distance avertirent le commandant
de la colonne que l'on approchait des Arabes
d'Abd-el-Kader, aux prises avec la tribu soumise,
et on se prépara à combattre.

Le 23 septembre, la 2e compagnie du 8e bataillon
de chasseurs (capitaine Burgard), et les carabiniers (capitaine de Géreaux et lieutenant de
Chappedelaine) restèrent au bivouac, et le reste de
la colonne composée de 66 hussards en selle nue,
des 3e, 6e et 7e compagnies du 8e bataillon de chasseurs et de 3 escouades de carabiniers, sans sacs,
se porta en avant, vers six heures du matin, ayant
à sa tête le lieutenant-colonel de Montagnac et
le commandant Courby de Cognord. La cavalerie
marchait en tête, au pas, tenant les chevaux par
la bride; on s'avança ainsi, en silence, pendant
environ 4 000 mètres, en longeant le ravin sur
les bords duquel on avait bivouaqué. Là, on vit
apparaître une petite troupe de cavaliers arabes
qui, après avoir essayé de couper la retraite aux
hussards, se retira presqu'aussitôt, et fut poursuivie par les cavaliers français qui avaient reçu
l'ordre de monter en selle. Mais dans ce mouvement en avant, ces derniers se trouvèrent subite-
ment en face de 200 cavaliers ennemis, commandés par Bou-Hamidi. Les hussards se divisèrent
immédiatement en deux pelotons de 30 hommes
chacun, sur l'ordre de leur chef; le lieutenant-
colonel et le commandant Courby de Cognord
se mirent à la tête de chacun des deux pelotons.
Tous résolus à vaincre ou à mourir, les hussards
du premier peloton chargèrent contre la cavalerie

ennemie trois fois plus nombreuse. Le capitaine
Gentil Saint-Alphonse tomba le premier, tué
d'une balle dans la tête; le cavalier qui fit feu sur

Le commandant Courby de Cognord eut son cheval tué sous lui,
et prit le cheval du hussard Testard.

lui n'était autre paraît-il que l'émir Abd-el-Kader.
Le lieutenant Klein expira quelques instants après
couvert de blessures, le commandant Courby de
Cognord eut son cheval tué sous lui, et prit le
cheval du hussard Testard.

8

Le second peloton s'était ébranlé à la suite du premier, et dans cette seconde charge, le lieutenant-colonel de Montagnac fut atteint d'une balle en pleine poitrine. Les quelques cavaliers qui échappèrent à la mort, dans cette lutte inégale, furent bientôt rejoints par l'infanterie qui arriva vers eux au pas de charge ayant à sa tête le capitaine de Chargère, le lieutenant de Raymond-Labordes et le sous-lieutenant Larrazet (3e, 6e et 7e compagnies du 8e bataillon de chasseurs et escouades de carabiniers). Les Arabes, au nombre de plusieurs mille, cavaliers et fantassins, se ruèrent en avant et cherchèrent à barrer le passage à l'infanterie française qui se forma aussitôt en carré.

Malgré la blessure mortelle qu'il avait reçue, le brave lieutenant-colonel conserva le commandement, et le combat continua plus acharné que jamais. L'infanterie française, malgré le nombre de ses ennemis faisait encore bonne contenance contre eux, lorsque l'émir Abd-el-Kader apparut sur la hauteur voisine, entouré d'une foule de guerriers arabes. Ces derniers, descendirent la montagne à la charge et fondirent sur les restes de la colonne française. En ce moment le sous-lieutenant Larrazet évanoui par suite d'une première blessure, tomba frappé de deux coups de sabre et fut fait prisonnier, le lieutenant de Raymond-Labordes fut tué et le capitaine de Chargère refusant de se rendre eut le même sort. Enfin le chef d'escadron Courby de Cognord ayant eu pour la seconde fois son cheval tué sous lui, tomba à terre couvert de blessures et fut enlevé par les Arabes qui l'emmenèrent prisonnier.

Le lieutenant-colonel de Montagnac venait lui-même d'expirer quelques instants auparavant, après avoir remis le commandement au chef d'escadron Courby de Cognord. Avant de rendre le dernier soupir, ce brave officier avait expédié le maréchal des logis Barbut porter au commandant Froment-Coste l'ordre de l'appuyer avec la 2e compagnie et les carabiniers.

Pendant cette lutte héroïque qui dura près de trois heures, le colonel de Montagnac et le commandant Courby de Cognord avaient résisté avec une poignée d'hommes à plus de six mille Arabes. Un tel fait d'armes dénote chez le soldat français, quels qu'aient été à différentes époques les malheurs de la France, une puissance de valeur et de courage qui fortifie l'espérance dans l'avenir. Là aussi, comme jadis à Pavie, tout fut perdu « fors l'honneur » ; mais la gloire de ces héros n'en ressortit que plus intacte et plus brillante aux yeux du monde étonné de tant de bravoure.

Le lieutenant-général de Lamoricière, qui avait en octobre 1845, refoulé les troupes d'Abd-el-Kader, jusque vers la frontière du Maroc, adressa le 17 du même mois au ministre de la Guerre une lettre de M. le chef d'escadron Courby de Cognord, relatant les circonstances dans lesquelles se passèrent les deux engagements de la colonne du lieutenant-colonel de Montagnac.

Dans cette lettre pleine d'une grande simplicité, cet officier supérieur s'exprime ainsi :

« J'encourageais mes hommes, par l'espoir du se-
« cours que nous attendions d'un moment à l'autre ;

« mais nous étions toujours serrés, de plus en plus,
« par les masses arabes ; à chaque instant, quelqu'un
« de nous tombait mortellement blessé, à la fin j'étais
« arrivé à n'avoir plus que 12 à 15 combattants. Dans
« ce moment, je reçus trois coups de feu qui me ren-
« versèrent. Ne voyant plus d'officiers français, les
« Arabes poussèrent de grands cris, chargèrent dans
« toutes les directions et enlevèrent la position que
« nous occupions. Quelques instants après, je fus
« relevé sans connaissance du champ de bataille
« après avoir reçu deux coups de yatagan, et emporté
« prisonnier par un officier des réguliers d'Abd-el-
« Kader. »

DEUXIÈME COMBAT DU 23 SEPTEMBRE 1845

MORT DU COMMANDANT FROMENT-COSTE.

Le commandant Froment-Coste, qui, ainsi qu'on
l'a vu plus haut, avait reçu l'ordre de rester au
bivouac, avec la 2e compagnie du 8e bataillon de
chasseurs (capitaine Burgard) et les carabiniers (capitaine de Géreaux), avait entendu le bruit de la
fusillade et s'était déjà porté en avant avec la 2e compagnie pour secourir le colonel de Montagnac,
laissant seulement au même bivouac le capitaine
de Géreaux, le lieutenant de Chappedelaine et les
carabiniers. Lorsque la fusillade cessa brusquement, le commandant Froment-Coste eut le triste
pressentiment que la lutte venait de s'achever
faute de combattants français. Il reconnut que son
appui devenait inutile et que son devoir était de
regagner le camp et de se réunir à la compagnie
du capitaine de Géreaux ; c'était d'ailleurs le seul

moyen de salut en présence du peu d'hommes
dont il disposait et il ordonna la retraite. On fit
donc volte-face... Mais les Arabes aperçurent ce
mouvement et se répandirent dans la plaine au
galop de leurs chevaux pour couper la retraite au
commandant Froment-Coste. En quelques minutes
la compagnie de cet officier supérieur fut entourée, et ce dernier n'eut que le temps de commander le carré. Cette manœuvre fut exécutée sous le
feu de plusieurs milliers d'Arabes, avec la ponc-
tualité et le sang-froid d'un jour de revue ou de
parade. De tous ces hommes dévoués à la patrie
lointaine, un seul donna non pas un signe de
crainte, mais une marque de regret. C'était un
chasseur âgé de vingt ans, nommé Ismaël. Ce
jeune homme s'écria : « Mon commandant nous
sommes perdus! » Le chef de bataillon Froment-
Coste sourit; il comprit que ce soldat encore à la
fleur de l'âge avait bien le droit de regretter la vie.
« Quel âge as-tu? demanda-t-il. « Vingt ans, mon
« commandant, répondit le chasseur.

    « Eh bien, répondit stoïquement le chef, tu
« auras donc à souffrir dix-huit ans de moins que
« je n'ai souffert; regarde-moi et tu vas voir com-
« ment on meurt pour la France, le cœur ferme
« et la tête haute. »

    Le commandant Froment-Coste avait à peine
achevé de prononcer ces sublimes paroles qu'une
balle ennemie le frappait au front et qu'il tombait
victime du devoir et de son amour pour la patrie.

    Le capitaine Burgard prit alors le commande-
ment de la compagnie en disant à ses vaillants
compagnons d'armes : « Mes enfants, apprêtons-

« nous à mourir comme notre brave comman-
« dant. » Quelques instants après avoir prononcé
ces brèves et éloquentes paroles ce courageux
officier fut à son tour atteint; il reçut une balle à
la cuisse et fut achevé à coups de sabre. Le capitaine adjudant-major Dutertre eut à peine le temps
de prendre le commandement qu'il fut entouré et
fait prisonnier. L'adjudant Thomas s'adressant
enfin aux quelques hommes qui lui restaient leur
dit : « La France, notre chère patrie, nous re-
« garde... Mourons en braves sur le corps de nos
« officiers. »

Ce fut tout !... Et de cette vaillante poignée
d'hommes il ne restait plus que quelques blessés
faits prisonniers par les Arabes, et au nombre
desquels étaient le capitaine adjudant-major Dutertre et l'adjudant Thomas.

Le chef d'escadron de Martimprey, dans le rapport qu'il fit à la suite de ces deux engagements
s'exprime ainsi :

« Le 23 septembre 1845, vers huit heures du matin,
« on entendit distinctement de Djemma-el-Ghazaouat,
« dans la direction de Sidi-Brahim une fusillade très
« vive, qui dura à peu près trois heures et cessa com-
« plètement. Le capitaine du génie Coffyn fit rentrer
« le troupeau, et prendre les armes; il laissa le com-
« mandement au capitaine Bidon et se mit en route
« à neuf heures dans la direction du feu, emmenant
« avec lui 130 hommes d'infanterie et 16 hussards,
« commandés par le sous-lieutenant Roux qu'il poussa
« en avant. A hauteur de Gamis, cette avant-garde
« aperçut de nombreux cavaliers arabes, fut chargée
« par eux et dut se replier sur l'infanterie. Les crêtes

« voisines se couvrant d'ennemis, le mouvement de
« retraite était commandé par les circonstances. Le
« capitaine Coffyn regagna Djemma-el-Ghazaouat,
« place qu'il importait avant tout de garantir contre
« l'ennemi et s'empressa d'y organiser tous les
« moyens de défense en cas d'attaque.

« Mais la plus grande incertitude régnait sur le sort
« de la troupe du colonel de Montagnac, au milieu des
« récits divers des gens du pays. Enfin, le 24, à dix
« heures du soir, on vit arriver un hussard du 2ᵉ ré-
« giment (nommé Davanne), démonté, accablé de fa-
« tigue et de besoin, qui avait dû se traîner à genoux
« pour atteindre le fort. Son esprit était fortement
« frappé ; il raconta qu'échappé au désastre de la veille,
« il avait vu périr toute la colonne (*Moniteur* du 9 oc-
« tobre 1845).

« Le lendemain de la rencontre, 24 septembre, un
« chasseur à pied du 8ᵉ bataillon arriva en fuyard à la
« redoute et dit simplement : Le 2ᵉ bataillon a été mas-
« sacré hier ; il a été surpris par des masses d'Arabes.
« J'étais resté en arrière par suite d'indisposition ; en
« rejoignant, j'ai vu le carnage du haut d'un mame-
« lon. Il n'y avait presque plus d'hommes debout sur
« les faces du carré. Je me suis caché et la nuit j'ai
« marché dans la direction de Lalla-Marina[1]... De mes
« pauvres camarades, bien sûr il n'en reste pas un !... »

Des troupes qui prirent part aux deux combats
qui viennent d'être racontés, il ne restait plus en
effet que des prisonniers.

1. Lalla-Maghrnia.

COMBAT DE SIDI-BRAHIM

(du 23 au 25 septembre 1845).

Le capitaine de Géreaux, le lieutenant de Chappedelaine[1] et le médecin aide-major Rosagutti, à la tête des carabiniers du 8ᵉ bataillon de chasseurs à pied, au nombre de 83 hommes, compris l'interprète Lévy, étaient restés l'arme au pied selon la consigne qu'ils avaient reçue de se porter ni en

I. De Chappedelaine (Louis-Antoine), naquit en 1814 au château de Limoëlan, situé en la commune de Sévignac près Broons (Côtes-du-Nord), patrie de Du Guesclin; il était fils de M. de Chappedelaine q u en 1815 soutint le gouvernement des Bourbons et prit le commandement des royalistes Bretons; il était en outre le neveu de Désilles, le héros de Nancy, dont l'histoire est racontée dans cet ouvrage. Il trouva dans sa propre famille les exemples de bravoure dont il sut s'inspirer dans sa courte carrière. Il servit au 8ᵉ chasseurs d'Orléans sous les ordres du colonel Tampoure, se distingua aux combats de Sedi-Hemar et de Saïda. Le 6 juillet 1840, son bataillon fut assailli par plusieurs tribus et des cavaliers de Bou-Hamedi, et fut enveloppé ainsi que ses trente hommes par une nuée de Kabyles. Après avoir épuisé ses cartouches et opposé une résistance opiniâtre, le lieutenant de Chappedelaine fut sommé de se rendre; mais il refusa énergiquement et se disposait à traverser les rangs ennemis à la baïonnette, lorsqu'il fut secouru par un peloton sous les ordres du sergent Carré, et put se faire une trouée à travers les Arabes. Lorsque Abd-el-Kader vaincu voulant essayer un nouvel effort, se montra à Tlemcen à la tête d'une armée imposante, le général Bedeau qui avait une grande confiance dans le lieutenant de Chappedelaine, lui confia l'arrière-garde de ses troupes qui fut attaquée par des pelotons de cavaliers ennemis se succédant les uns aux autres. De Chappedelaine leur tint tête avec une persistance et une énergie dignes des plus grands éloges. S'apercevant qu'un sous-officier du nom de Simon venait de tomber blessé au milieu des cavaliers ennemis, il s'élança avec trois hommes au milieu des Arabes, enleva le blessé sur son cheval et le ramena au milieu du carré, après avoir essuyé deux coups de feu. Il fut mis pour cette belle action à l'ordre du jour de l'armée. Ce vaillant officier qui avait la réputation d'être un des meilleurs tireurs de l'armée, mourut en brave pour sa patrie à Sidi-Brahim, ainsi qu'on va le voir.

Marabout de Sidi-Brahim.

avant, ni en arrière. Ils avaient entendu s'éteindre,
par degrés, la terrible fusillade, puis le silence
lui avait succédé, silence troublé seulement par
les cris des Arabes. Puis le capitaine de Géreaux
vit une fumée blanche monter lentement vers l'ho-
rizon et il comprit qu'il avait avec lui ce qui restait
de la colonne du colonel de Montagnac.

A quelques centaines de mètres de lui se trouvait le marabout de Sidi-Brahim qui avait jadis
servi de sépulture aux chefs des tribus arabes du
pays et qui était entouré d'un mur d'environ un
mètre et demi de hauteur. Le capitaine de Géreaux
s'y porta avec ses hommes sous le feu de l'ennemi, avec l'intention d'opposer une défense
énergique et de mourir avec eux plutôt que de se
rendre. Il perdit 5 hommes pendant le trajet ce
qui réduisit sa troupe à 77 combattants. Il était
environ onze heures du matin. La porte du marabout était très basse, les hommes escaladèrent la
muraille; une partie des bêtes de somme purent
entrer dans la cour qui présentait un carré conte-
nant vingt hommes sur chaque face. Chaque homme
portait 4 paquets de cartouches et comme on avait
abandonné les sacs il y avait très peu de vivres.

Un caporal nommé Lavayssière fabriqua un
drapeau avec la ceinture du lieutenant de Chappedelaine, une cravate bleue et le planta sur le
haut du marabout. Tous ces braves saluant alors
l'emblème sacré de la patrie, jurèrent devant lui
de mourir pour elle plutôt que de se rendre. Le
drapeau devait en outre avertir la colonne du colonel de Barral qui était à environ trois lieues de
là. A peine cette petite troupe française fut-elle ren-

due au marabout que les Arabes au nombre de
3000 formèrent un cercle de fer autour d'eux.
Abd-el-Kader ne pouvant réussir à vaincre l'énergie de ces braves, et voyant le sol jonché des cadavres des siens voulut employer l'intimidation.
Il envoya d'abord un prisonnier sommer le capitaine de Géreaux de se rendre. Le commandant
français répondit par un refus. L'émir fit alors
écrire une lettre par un de ses officiers et la fit
apporter solennellement au capitaine de Géreaux
de la manière suivante. Le cercle des Arabes s'en-
trouvrit tout à coup, laissant entrevoir aux Français l'Emir lui-même entouré de ses réguliers...
un cavalier arabe, jetant ses armes, traversa la
ligne de séparation des ennemis, tenant au-dessus
de sa tête cette lettre ainsi conçue : « Abd-el-Kader
« invite les assiégés à se rendre, il leur fait sa-
« voir qu'il y a déjà plusieurs prisonniers et que
« tous seront bien traités. »

« Va dire à ton maître, répondit le capitaine de
« Géreaux, que les hommes ont encore des car-
« touches et qu'ils les rendront une par une au
« bout de leurs carabines. »

L'Emir étonné de tant de courage et de tant d'é-
nergie, ordonna alors de prendre le capitaine
adjudant-major Dutertre qui avait été fait prisonnier et le fit conduire jusqu'au marabout de Sidi-
Brahim avec injonction à lui faite d'engager ses
camarades à se rendre, sous peine d'avoir la tête
immédiatement tranchée.

Mais les terribles menaces d'Abd-el-Kader
n'eurent aucun effet sur l'âme virile de cet officier.

Ne connaissant d'autres sentiments que ceux de l'honneur et du devoir, le capitaine adjudant-major Dutertre, d'une voix mâle et pleine du désir d'être écouté, s'écria : « Camarades, écoutez bien mes « paroles! L'Emir m'envoie vers vous pour vous « engager à mettre bas les armes, vous promettant « la vie sauve, et si vous ne vous rendez pas, je « serai décapité... Et moi je vous dis au contraire : « Défendez-vous jusqu'au dernier, mais ne vous « rendez pas... Vive la France! » Et ce cri de Vive la France ! fut aussitôt répété par les carabiniers enfermés dans le marabout.

Sublimes paroles qui passeront à la postérité et qui devraient être écrites en lettres d'or sur le frontispice de toutes les casernes, pour servir d'exemple aux jeunes soldats de toutes les gar- nisons, de tous les temps.

Ce héros, de retour au camp d'Abd-el-Kader, paya de sa tête le noble conseil qu'il avait donné à ses frères d'armes et eut aussitôt la tête tran- chée. Il eût été plus grand, pour l'ennemi lui- même de laisser la vie sauve à un tel homme... Mais Abd-el-Kader était avant tout l'homme du désert : il ne sut pas accomplir une telle action qui l'eût immortalisé. Inclinons-nous avec respect devant ce martyr du devoir et de l'honneur et re- venons à nos carabiniers du marabout.

Une nouvelle attaque plus acharnée que jamais fut faite par les Arabes contre le fort de Sidi-Bra- him ; elle fut dirigée sur les quatre faces à la fois... Mais grâce à l'adresse des carabiniers français et à la justesse de leur tir, aucun Arabe ne put fran- chir l'enceinte, et l'ennemi se retira selon son habitude à la tombée de la nuit, laissant le terrain couvert de cadavres.

Cependant Abd-el-Kader qui avait lui-même une âme élevée, fut ému à la vue de tant d'héroïsme et de valeur; il s'éloigna laissant à sa troupe le soin de massacrer loin de ses regards d'aussi vaillants soldats et ordonna d'établir un cordon ininterrompu d'Arabes en nombre suffisant autour du marabout de Sidi-Brahim: Il se retira avec sa cavalerie laissant trois postes d'observation de 150 hommes chacun. Le 24 septembre à 10 heures du matin la lutte recommença. Mais les Arabes qui entouraient les braves enfermés dans le marabout étaient tenus à distance par les balles de nos soldats et du lieutenant de Chappedelaine qui pleuvaient sur eux comme grêle.

Le capitaine de Géreaux et ses carabiniers restèrent ainsi deux jours dans l'attente, sans vivres et avec des munitions insuffisantes; ils tinrent bon néanmoins, repoussant ou tuant tous les cavaliers arabes qui s'approchaient. Mais voyant qu'ils allaient être bientôt privés de munitions, ils coupèrent leurs balles en quatre ou en six.

La faim et la soif, deux autres ennemis impitoyables, se firent sentir; les carabiniers furent bientôt réduits à boire de l'urine mêlée avec un peu d'eau-de-vie.

Il fallait en finir; une sortie quelque périlleuse qu'elle pût être devenait inévitable. Ces valeureux soldats se décidèrent à la tenter.

SORTIE DU MARABOUT

TRAVERSÉE DES LIGNES ENNEMIES

MORT DU CAPITAINE DE GÉREAUX.

Désespérant de voir se rendre ces invincibles héros, les Arabes cessèrent le feu, et décidèrent de les vaincre par la famine; le cercle de fer de l'ennemi fut maintenu avec rigueur afin que nul ne pût échapper.

Le capitaine de Géreaux, et le lieutenant de Chappedelaine, attendirent dans le calme le plus parfait, le front plein de la sérénité que donne l'accomplissement du devoir, le lever du soleil qui, pour eux, allait luire pour la dernière fois. Ils ne comptaient plus sur le secours, incertain d'ailleurs, qu'ils avaient demandé au moment où ils s'étaient retranchés dans le marabout, en envoyant un hussard porteur d'une lettre pour le commandant de Djemma-el-Ghazaouat (Nemours). Dans cette lettre laconique, le capitaine de Géreaux s'exprimait ainsi:

« Je suis enfermé dans le marabout avec ma
« compagnie de carabiniers, je n'ai plus de vivres;
« apportez-m'en, essayez de me dégager. »

Le porteur de cette lettre arriva à destination, mais la faible garnison de Djemma-el-Ghazaouat, composée de malades était dans l'impossibilité de porter secours aux carabiniers du capitaine de Géreaux.

Dès le 25 au soir, le capitaine de Géreaux forma le projet de sortir du marabout, et d'opérer cette sortie pendant la nuit, mais les factionnaires arabes

s'étaient rapprochés et venaient d'être postés de
six pas en six pas.

Le 26 septembre à six heures du matin, tout
espoir de secours était perdu, le commandant
prit une décision suprême et annonça à ses carabiniers que l'on allait faire une trouée à travers
les rangs ennemis et marcher sur Djemma-el-
Ghazaouat. Il y avait environ quatre lieues à traverser. Des milliers d'Arabes étaient éparpillés çà
et là le long du chemin; les Français étaient
épuisés par le manque de nourriture, la fatigue et
les émotions. Mais qu'importe, la nécessité, la
cruelle nécessité commandait; il fallait essayer
à tout prix de sortir du marabout pour ne pas y
mourir de faim.

Il était plus noble, en effet, d'aller au-devant
de la mort des braves, que de l'attendre; puis
enfin une lueur, bien faible il est vrai, mais une
lueur d'espérance apparaissait encore à quelques-
uns d'entre eux... La garnison de Djemma-el-
Ghazaouat, pouvait encore les aider dans cet effort
suprême.

On chargea les carabines silencieusement, et
on s'apprêta avec le moins de mouvements possible à exécuter la sortie.

A sept heures, les soixante héros qu'abritait
le marabout de Sidi-Brahim, au signal de leur
valeureux chef, franchirent les murs de cette enceinte sur les quatre faces à la fois, et se précipitèrent au pas de course sur le premier poste
ennemi qui fut enlevé à la baïonnette. Pas un coup
de fusil ne fut tiré par les Français, selon la consigne reçue, pas un homme ne manquait. L'attaque

fut si soudaine et si inattendue, qu'elle réussit
complètement, et la petite colonne emporta les
quatre hommes blessés au passage du village du
Treut.

Après avoir franchi environ trois kilomètres, la
colonne rencontra un ruisseau bienfaiteur, où
chacun se désaltéra; elle ne s'arrêta qu'une mi-
nute, et reprit sa marche vers Djemma-el-Ghazaouat, qu'elle apercevait déjà de loin, et dont la
vue raviva son courage et son espoir.

Cependant, les Arabes un instant surpris de tant
d'audace, sortent de leur stupéfaction momentanée,
se répandent dans la plaine et fondent sur la colonne française, qui par trois fois forme le carré,
et résiste avec une étonnante et admirable persistance à cette masse d'ennemis accourant de toutes
parts. Les tribus des Ouled-Ziri et celles des Sidi-
Chamar barraient le passage à nos valeureux
soldats. La colonne était, d'autre part, pressée
par 2000 cavaliers arabes qui arrivaient à fond
de train derrière elle.

On forma le carré : « Mes enfants, s'écria le capitaine de Géreaux, il n'y a plus qu'un moyen de
salut, un seul : c'est de fondre sur les Arabes qui
nous barrent le passage, la baïonnette en avant,
de leur passer sur le corps, de remonter le ravin
du côté opposé et de gagner le plateau qui nous
ouvre directement la route de Djemma. En avant ! »

Et cette poignée d'hommes, fidèle au commandement du chef, s'élança avec intrépidité, la
baïonnette en avant... Le choc fut terrible, le carnage fut affreux... Le lieutenant de Chappedelaine
fut tué un des premiers, le carré fut enveloppé de

Mort du capitaine de Géreaux.

tous côtés. Cependant le capitaine de Géreaux ré-
sistait encore au centre du carré... Mais il tomba
à son tour ainsi que le médecin Rozagutti.

Alors, sans chefs, sans munitions, les quelques
survivants de cette lutte héroïque d'un contre cent,
se dirent un dernier adieu, chargèrent de nouveau à la baïonnette et se portèrent au hasard, en
avant, dans la direction de Djemma-el-Ghazaouat,
mais la plupart trouvèrent la mort dans cette terrible traversée.

Quinze d'entre eux purent cependant se faire
une trouée et échapper au massacre ; ils furent enfin
rejoints par la garnison de Djemma qui était partie
à leur secours sous les ordres du capitaine Corty,
et parvinrent à cette place, les uns blessés, les
autres presque mourants.

Deux de ces braves, Jean Pierre et Audebert,
moururent de fatigue en arrivant à Djemma.

En résumé, voici quel fut le sort de la colonne
du lieutenant-colonel de Montagnac, qui se composait ainsi qu'on l'a dit de 424 hommes, officiers
compris :

15 seulement parvinrent à Djemma-el-Ghazaouat,
deux d'entre eux moururent en y arrivant, restaient 13 vivants ;

95 furent faits prisonniers : 80 chasseurs du 8e
bataillon, dont 1 officier ; 13 hussards du 2e régiment, dont un officier supérieur ; 1 homme du 15e
léger, ordonnance du lieutenant-colonel de Montagnac ; 1 interprète, M. Lévy ;

314 hommes, officiers, sous-officiers ou soldats
furent tués : le lieutenant-colonel du 15e léger,
M. de Montagnac ; 252 hommes, 8 officiers, du

8ᵉ bataillon de chasseurs ; 53 hussards, dont 2 officiers.

Le combat de Sidi-Brahim est le fait d'armes le plus extraordinaire de la guerre d'Algérie, si féconde cependant en actions d'éclat et en surprises étonnantes ; il est, en outre, un des plus sublimes de l'histoire.

Le 8ᵉ chasseurs à pied (dit alors 8ᵉ chasseurs d'Orléans) et le 2ᵉ régiment de hussards y acquirent une renommée de vaillance, qui fera l'admiration de tous les siècles et de tous les pays.

ÉVASION DU CLAIRON ROLLAND.

Le nommé Rolland (Guillaume) qui prit part aux émouvants combats qui viennent d'être racontés, était clairon à la 2ᵉ compagnie du 8ᵉ bataillon de chasseurs d'Orléans, et fut fait prisonnier par les réguliers d'Abd-el-Kader après avoir reçu deux blessures auprès du corps de son capitaine mort. L'émir, qui employait dans cette guerre contre la France, tantôt la ruse, tantôt l'intimidation, somma le prisonnier Rolland, qui était encore porteur de son clairon de sonner la retraite, afin de tromper les Français et de leur faire cesser le feu... Mais Rolland, sans hésiter, sonna la charge, afin que ses compagnons d'armes continuassent le combat acharné qui se livrait.

L'évasion du clairon Rolland mérite d'être racontée... Voici, d'après le récit qu'il en fit lui-même en 1846, comment elle se passa[1].

1. *Écho d'Oran*, du 10 mai 1846.

« La daïra était campée à environ trois lieues de la
« Moulouya; elle ne se composait que d'une centaine
« de tentes avec cent cavaliers réguliers.

« L'infanterie régulière, forte de 400 à 500 hommes,
« avait seule conservé son campement sur les bords
« de la rivière (rive gauche). Nous occupions, au mi-
« lieu de ce camp formé par des gourbis (baraques en
« branches et en paille), renfermant chacun cinq ou
« six hommes, une vingtaine de gourbis semblables.

« Le camp était entouré d'une haie épaisse de brous-
« sailles épineuses, dans laquelle on n'avait laissé que
« deux passages.

« Le 27 avril 1846, dans l'après-midi, on dit qu'il
« était arrivé une lettre du sultan; un peu plus tard,
« trois cavaliers vinrent à notre camp, chercher les
« officiers de la part de Mustapha-Ben-Tami, qui les
« invitait à une fête. J'ai vu partir MM. de Cognord,
« Larrazet, Thomas, Barbut, etc.

« Un peu avant minuit, on fit mettre tous les pri-
« sonniers sur un rang, et les réguliers nous parta-
« gèrent par groupes de sept, pour nous répartir dans
« leurs gourbis. Chaque bande était emmenée par les
« habitants de quatre gourbis. On me mit avec six
« autres. Ces apprêts étaient inquiétants. Je dis à mes
« camarades qu'il y aurait quelque chose pendant la
« nuit. J'avais trouvé un couteau sur les bords de la
« Moulouya et je l'avais caché; je ramassai une fau-
« cille oubliée dans le gourbi, et je la donnai à mon
« camarade Daumas. Il fut convenu entre nous de ne
« pas dormir, et qu'au premier bruit, nous sortirions,
« moi le premier, avec mon couteau à la main. Vers
« minuit, il se fit un grand cri par tous les réguliers.

« Je saute dehors et je heurte un régulier, à qui j'en-
« fonce mon couteau dans la poitrine. Il tombe, je
« passe dessus, et je me jette au travers de la haie, je
« roule au travers des épines; les lambeaux de mes

« vêtements restent entre les mains de ceux qui veu-
« lent m'arrêter, je leur échappe presque nu. Un peu
« plus loin, je tombe dans une embuscade qui fait feu
« sur moi. Je suis légèrement blessé à la jambe droite,
« mais cela ne m'arrête pas, je gagne une colline où je
« me repose, cherchant des yeux si quelque cama-
« rade pouvait me répondre.

« Je vis nos anciens gourbis brûler au milieu du
« camp, quelques hommes s'y étaient probablement
« réfugiés et les réguliers y avaient mis le feu pour
« les en faire sortir. La fusillade et les cris ont duré
« plus d'une demi-heure.

« N'apercevant personne, j'ai traversé la Moulouya
« et j'ai marché pendant trois nuits, je me cachais le
« jour. Le troisième jour, il a plu, il faisait un grand
« vent, je mourais de faim et de froid... Je ne pou-
« vais aller plus loin ; je voulais en finir et je fus me
« livrer dans un village marocain. Des femmes se
« sont enfuies devant moi, un jeune homme tira son
« couteau pour m'en frapper ; mais un autre le retint,
« et m'emmena chez lui. Il me lia les pieds et les
« mains et jeta sur moi une couverture de cheval. Je
« le voyais s'agiter dans sa case ; je crus qu'il allait
« me torturer, je lui fis signe de m'expédier prompte-
« ment. Mais il me fit comprendre qu'il ne voulait pas
« me tuer et il se coucha. Le lendemain, il me délia
« les membres. Je suis resté chez lui sept jours sans
« sortir, parce que les gens du village voulaient me
« tuer. Le septième jour, il m'a vendu pour douze
« douros à un autre qui m'a emmené pendant la nuit.
« Arrivé chez lui, il m'a donné un haïck et un burnous ;
« il m'a gardé 10 jours et m'a ramené, pensant qu'on
« lui donnerait de l'argent. »

Ce fut ainsi que le clairon Rolland fut sauvé ; il
fut un des onze qui échappèrent à la mort sur les

95 prisonniers de la colonne du lieutenant-colonel
de Montagnac; les 84 autres furent, ainsi que
d'autres prisonniers faits par les Arabes dans
d'autres circonstances massacrés par ordre d'Abd-
el-Kader. Au nombre des hommes épargnés se
trouvaient le commandant Courby de Cognord, le
lieutenant Larrazet, l'adjudant Thomas, le maréchal des logis chef Barbut, et les hussards Testard et Metz, qui furent amenés à Melilla par les
Riffains, le 2 novembre 1841, moyennant une rançon de trente mille francs. Ces officiers, sous-officiers et soldats après une captivité de 14 mois
furent dirigés de là sur Djemma où ils furent
reçus le 27 du même mois avec enthousiasme et
admiration par la garnison française et la colonne
du colonel de Mac-Mahon.

MONUMENTS

ÉLEVÉS A LA MÉMOIRE DES COMBATTANTS

DE LA COLONNE

DU LIEUTENANT-COLONEL DE MONTAGNAC.

En quittant Nemours (autrefois Djemma-el-
Ghazaouat), on trouve à 2 heures de marche de
cette ville, vers le sud-ouest, le champ de bataille
où eurent lieu les divers combats livrés par la
colonne du lieutenant-colonel de Montagnac. Sur
la gauche s'élève encore le marabout de Sidi-Brahim, témoin de l'héroïsme des braves qui s'y
maintinrent durant trois jours.

Un premier monument qui fut élevé, pierre par pierre, indique d'abord la place où tombèrent ces preux. Lorsque la colonne du général Cavaignac, forte de 5 000 hommes, se porta vers le Maroc, pour aller combattre Abd-el-Kader, elle traversa le champ de bataille de Sidi-Brahim, trouva sur le sol les restes des héros morts, et leur rendit les derniers devoirs. Le général Cavaignac, raconte cette émouvante cérémonie ainsi qu'il suit :

« Nous avons trouvé les cadavres des soldats qui « avaient péri victimes de la trahison. Nous pouvions « lire sur le sol l'histoire de tous les détails du combat. « Un carré régulier d'ossements, nous montrait le « carré qui s'était fait tuer, un contre trente, et au « milieu duquel était l'intrépide de Montagnac, criant « à sa troupe, pour dernier adieu, de mourir comme « lui plutôt que de se rendre.

« A côté, une ligne d'ossements qui s'arrêtait au « pied d'une colline, nous représentait la charge du « 2e hussards, sous les ordres du commandant Courby « de Cognord, qui s'étaient jetés 60 contre 2 000.

« Tous les ossements furent recueillis avec un soin « religieux, puis la cavalerie défila devant la fosse où « ils avaient été précédemment déposés et le feu suc- « cessif des feux de bataillon rendit les honneurs aux « restes mortels de tous ces braves gens.

« A une heure plus loin, nous saluâmes de nos ac- « clamations le marabout de Sidi-Brahim[1] et tout le

1. Chez les musulmans, et notamment dans l'Afrique du Nord, on donne le nom de *marabout* à tout homme qui se consacre à la pra- tique et à l'enseignement de la vie religieuse. On donne aussi ce nom, par extension, aux tombeaux de ces personnages, ou du moins à de petits édifices funéraires élevés en leur honneur, et c'est dans cette acception que ce terme est ici employé.

« monde s'y précipita, cherchant avec anxiété, sur les
« murs la trace de la défense mémorable du capi-
« taine de Géreaux ; on n'y voyait que du sang, seule-
« ment dans un coin de la muraille, nous découvrîmes
« écrite au crayon, une simple date. — 26 septembre. »

Le 1er mars 1847, une cérémonie religieuse eut
lieu près du marabout de Sidi-Brahim, à l'endroit
même où les Français avaient construit le monument dont il vient d'être parlé. Le commandant
de Nemours fit installer un autel, et l'abbé Suchet, vicaire général, y célébra en plein air une
messe, en présence des soldats de la garnison.
Après cette imposante cérémonie, l'abbé Suchet,
prenant la parole s'exprima ainsi :

« C'est là qu'ils succombèrent sous le nombre ; voilà
« la terre qui a bu le sang de 400 braves.
« Comme à Waterloo, où la France avait dit par la
« bouche d'un de ses fils : je meurs et je ne me rends
« pas, de même longtemps après, en face d'autres
« ennemis, 400 Français ont prouvé que les enfants
« de la France savent toujours préférer la mort à la
« captivité. Le nombre les accabla, ils ne pouvaient
« vaincre, ils ont triomphé par la mort.
« Ils moururent comme vous savez tous mourir,
« comme vous seriez morts à leur place, comme meu-
« rent des soldats français. Ils sont là, voilà leurs
« restes déposés devant vous. Déjà leurs frères d'armes
« sont venus leur rendre les honneurs militaires et
« déposer ici, avec leurs regrets, des palmes et des
« couronnes ; mais il manquait à ces nobles dépouilles
« les derniers et sublimes honneurs, ceux de la reli-
« gion, que nous remplissons en ce moment. Que les
« noms de ces héros soient inscrits non pas seulement

« sur le bronze et le marbre, mais aussi sur le livre
« éternel des élus.

« Maintenant que la renommée aille dire à la France
« que nous sommes venus verser nos vœux, nos
« prières, sur la tombe de Sidi-Brahim, qu'elle le re-
« dise surtout, à ces mères, à ces sœurs, à ces épouses
« en deuil, et leurs larmes couleront moins amères,
« et leurs cœurs seront consolés par l'espérance de
« retrouver dans une vie meilleure ceux qu'elles ont
« perdus.

« La France entière est avec nous ; elle sera recon-
« naissante de l'acte que vous venez d'accomplir... Le
« musulman vous voit, soyez sûrs qu'il réfléchira, car
« il connaît et redoute votre valeur.

« Recouvrons d'un peu de terre les restes glorieux
« de nos frères dévoués, plus tard, sans doute,
« lorsque des villes et des villages couvriront cette
« Algérie à jamais française, on élévera, ici, à la place
« où nous sommes, un monument digne de notre grande
« nation ; et le guerrier viendra, comme autrefois les
« anciens preux, aiguiser son épée sur la pierre de
« cette tombe avant d'aller combattre et vaincre. »

Oui, ainsi qu'il a été dit plus haut des monu-
ments dignes de tant d'héroïsme ne pouvaient
manquer d'être élevés à la mémoire des combattants de la colonne du brave colonel de Montagnac.

L'un est situé à six kilomètres à l'ouest du marabout de Sidi-Brahim et à seize kilomètres sud-
ouest de Nemours, sur un mamelon appelé Kob-
bat-el-Mezzouk, dans la tribu des M'Sirdas, où se
passa le mémorable combat du 23 septembre 1845.
Il est appelé : « colonne de Sidi-Brahim. »

Sa construction remonte au mois de septembre

1853 et est due à l'initiative du 4ᵉ bataillon de chasseurs à pied, ainsi que l'indique l'inscription gravée en haut de la colonne :

« 4ᵉ bataillon de chasseurs à pied, 1853. »

Là furent ensevelis les ossements des cadavres qui furent recueillis le 11 février 1846 par le général Cavaignac.

Ce monument est un obélisque de forme triangulaire de 8 m. 75 de hauteur ; chacune de ses faces porte une des inscriptions suivantes :

Face Est. — Sidi-Brahim, 23 septembre 1845.

Face Ouest. — 8ᵉ bataillon de chasseurs à pied, commandant Froment-Coste.

Face Nord. — Lieutenant-colonel de Montagnac, commandant supérieur.

Face Sud. — 2ᵉ de hussards, Gentil Saint-Alphonse, capitaine commandant.

Le second monument a été érigé dans la vallée de l'Oued-Mersa à deux kilomètres de Nemours sur la route de Lalla-Maghrnia en face du village des Ouled-Ziri, il porte le nom de :

TOMBEAU DES CHASSEURS

Il a été construit en 1846, par décision du duc d'Aumale, gouverneur de l'Algérie, sur l'emplacement même du figuier près duquel succombèrent le capitaine de Géreaux et sa compagnie de carabiniers. Sa hauteur est de 6 m. 90 ; il porte les inscriptions suivantes :

HONNEUR ET PATRIE

Sur une dalle : *A la mémoire des soldats de la*

compagnie de carabiniers du 8ᵉ bataillon de chas-
seurs d'Orléans, de leurs officiers :

MM. DE GÉREAUX, capitaine; — DE CHAPPEDELAINE,
lieutenant; — ROZAGUTTI, chirurgien-major; — *mas-*
sacrés dans ce ravin par les Arabes des environs,
le 26 septembre 1845.

Dans le soubassement sur une plaque en marbre
noir est inscrit ce qui suit :

Derniers débris de la colonne de Montagnac, ré-
fugiés dans le marabout de Sidi-Brahim ; ils avaient
juré de mourir plutôt que de se rendre. Pendant
trois jours, sans vivres, sans eau, ils repoussèrent
les attaques d'Abd-el-Kader. Puis ayant brûlé leurs
dernières cartouches, ils se firent jour à travers les
Arabes qui les bloquaient. Arrivés à deux kilo-
mètres de Nemours, ils furent assaillis par les Ou-
led-Ziri. Tous succombèrent à l'exception de treize
qui purent se réfugier dans la ville.

Le troisième monument est un mausolée qui se
trouve dans le cimetière de Nemours, et où ont
été transportés les restes de ces braves.

Enfin, un comité fut constitué sous les auspices
de M. le Baron de Montagnac et par M. Courseraut
notaire à Mostaganem, dans le but de recueillir la
somme nécessaire pour la construction d'un monument digne de ces héros. Il fut décidé que ce
monument serait édifié sur une des places d'Oran,
chef-lieu de la province où se passèrent les luttes
héroïques des soldats français.

L'inauguration de ce monument dû au ciseau de
MM. Dalou et Formigé fut fixée au dimanche 18 décembre 1898. Les fêtes données à cette occasion

durèrent trois jours; elles commencèrent le samedi 17, par une retraite aux flambeaux et une
illumination générale de la ville. Le lendemain à
2 h. 1/2, le voile qui recouvrait le monument fut
enlevé en présence de MM. Laferrière, gouverneur
général de l'Algérie, le général de Ganay, commandant de la division, Malherbes, préfet, Go-
bert, maire, le contre-amiral Servan, commandant
de la marine en Algérie, des autorités de la ville
et des cités voisines et enfin de la garnison sous
les armes.

A cette émouvante cérémonie assistaient deux
braves soldats d'Afrique dont l'un était Rolland
(Guillaume), clairon au 8e bataillon de chasseurs,
dont l'évasion émouvante a été racontée ci-dessus,
chevalier de la Légion d'honneur et brigadier fo-
restier à Aubrac (Aveyron); l'autre était le caporal Pégues, survivant de la colonne venue de
Djemma au secours des restes des derniers combattants de la colonne du capitaine de Géreaux. Il
restait à cette époque, avec ces deux braves, un
troisième survivant de la colonne de Montagnac,
c'était M. Léger, qui fut un des treize qui purent
arriver à Djemma. Son grand âge ne lui permit
pas de faire un aussi long voyage.

La ville de Bordeaux désigna d'autre part M. Jean
Rigoulan pour la représenter à cette fête patriotique. Ce dernier faisait partie de la colonne du
général Cavaignac et fut un de ceux qui rendirent
les derniers honneurs aux morts trouvés sur le
champ de bataille de Sidi-Brahim; il n'assista
pas aux combats livrés par la colonne de Montagnac, mais il traversa quelques mois après les

lieux où ils se livrèrent et vit l'intéressant et émouvant spectacle qu'offraient les corps des héros tombés.

Des délégations du 8e bataillon de chasseurs et du 2e hussards furent en outre envoyées pour représenter ces deux régiments à l'inauguration du monument d'Oran ; la première était composée de MM. le capitaine Caffier, du sergent-major Delawarde et du caporal Fourquez ; la seconde, de MM. le chef d'escadron de Carné, du maréchal des logis Vilambitz et du brigadier Lugas.

De nombreux chefs arabes indigènes, Aghas et Caïds, actuellement amis de la France, couverts de décorations, montés sur des chevaux richement harnachés, se rendirent à Oran pour témoigner par leur présence de l'admiration que leur inspire, ainsi qu'à tous ceux de leur race, la bravoure française. Oli-Ould Cadi, de Mascara, se fit surtout remarquer par sa magnificence. Le commandant Mirauchaux remit le monument à la municipalité et s'adressant au maire de la ville, s'exprima ainsi :

« J'ai été désigné pour porter la parole au nom de tous les membres du comité d'action qui depuis dix ans se sont dévoués à l'œuvre patriotique que nous inaugurons aujourd'hui, laquelle a été provoquée par M. le baron de Montagnac, décédé, et par M. Courseraut, notaire honoraire à Mostaganem, qui ont fait appel aux souscripteurs avec un zèle infatigable.

« J'ai pour premier devoir de remercier publiquement, non seulement les diverses assemblées et les maires des communes du département dont le concours précieux ne nous a pas fait défaut, mais en-

core tous ceux qui nous ont apporté spontanément
leur obole.

« Ce devoir accompli, je remets à la ville d'Oran le
monument que nous avons fait ériger pour perpétuer
le souvenir des héros de Sidi-Brahim et de leur sublime sacrifice.

« Il rappellera aux jeunes et aux générations futures
l'inoubliable dévouement de leurs aînés pour défendre
le drapeau confié à leur garde, et consacrera l'hommage rendu à notre belle armée qui a accompli pendant la conquête algérienne, surtout dans cette province, des faits d'armes nombreux et glorieux qui l'ont
immortalisée.

Honneur à tous ceux qui en ont été les héros, honneur aux soldats et à leurs chefs que la gloire couronne
aujourd'hui sur cette place au nom de notre France
bien-aimée ! »

M. le maire d'Oran prononça ensuite un discours
émouvant dans lequel il fit l'historique du combat
de Sidi-Brahim; M. le général de Ganay s'efforça
également par des paroles énergiques de raviver
le courage et le respect de l'armée et fit remarquer que les héros obscurs devaient avoir leur
part à la reconnaissance du pays. M. le gouverneur général Laferrière dans des paroles patrio-
tiques exalta à son tour, la conduite de ces braves.

Les troupes défilèrent ensuite devant le monument.

Que la noble conduite des Montagnac, des de
Cognord, combattants de Sidi-Brahim serve
d'exemple aux générations présentes et futures,
pour l'honneur et le bien de notre chère et belle
patrie !

*
* *

L'amour de la Patrie est un des plus nobles sentiments du cœur humain; il invite au dévouement, il excite au courage, il mène jusqu'au sacrifice de la vie. Des milliers de citoyens, mus par ce sentiment naturel et par celui de l'honneur qui l'accompagne toujours ont versé leur sang pour leur pays, des milliers de héros ont donné leur existence pour sauver la Patrie.

La Patrie!... C'est tout ce que l'homme a de plus cher et de plus sacré... C'est le sol qui l'a vu naître, c'est le premier air qu'il respire; c'est la maison qui l'abrite, c'est la famille qui l'entoure. C'est aussi le clocher du village, le beffroi de la mairie où l'on tire au sort, le lieu de réunion des amis. C'est, enfin, le champ de repos où nos parents dorment d'un éternel sommeil!

O Patrie! C'est pour toi que Léonidas a si vaillamment combattu aux Thermopyles, que Marcus Curtius a donné sa vie, que Régulus a subi le martyre, que la pure Jeanne d'Arc a été brûlée sur le bûcher, que le chevalier d'Assas a été transpercé de coups, et que tant d'autres ont été heureux et fiers de mourir.

Salut au drapeau à l'abri duquel repose ton honneur; et respect à tous ceux qui sont chargés de te défendre!

Soyons toujours fidèles à la Patrie et qu'en France, il n'y ait toujours qu'une voix et qu'un cœur pour chanter, avec Rouget de l'Isle:

Mourir pour la Patrie
C'est le sort le plus beau, le plus digne d'envie!

TABLE DES MATIÈRES

Paris. — Imp. A. Picard et Kaan, 192, rue de Tolbiac. — 1-1901. R. P.